[illegible]隠れ公安Ⅱ

浜田文人

ハルキ文庫

角川春樹事務所

目次

【主な登場人物】

鹿取　信介（五一）警視庁刑事部捜査一課　強行犯三係　警部補
児島　要（三八）同　同　同
此川　祐介（五二）警視庁刑事部　部長　警視正
坂上　真也（五〇）警視庁刑事部捜査一課　課長　警視
星野　智史（四二）同　理事官　同
須藤　淳平（五三）同　殺人犯一係　警部補
大竹　秀明（五一）警視庁公安部公安総務課　課長　警視
酒井　正浩（四一）同　一係　警部補
湯浅　勝利（五六）警視庁警務部　部長　警視
立山加奈子（二八）渋谷署刑事課　捜査一係　巡査部長
三好　義人（四四）関東誠和会内　三好組　組長
田中　一朗（五二）警察庁警備局　局長　警視監

【登場する部署と上下関係】

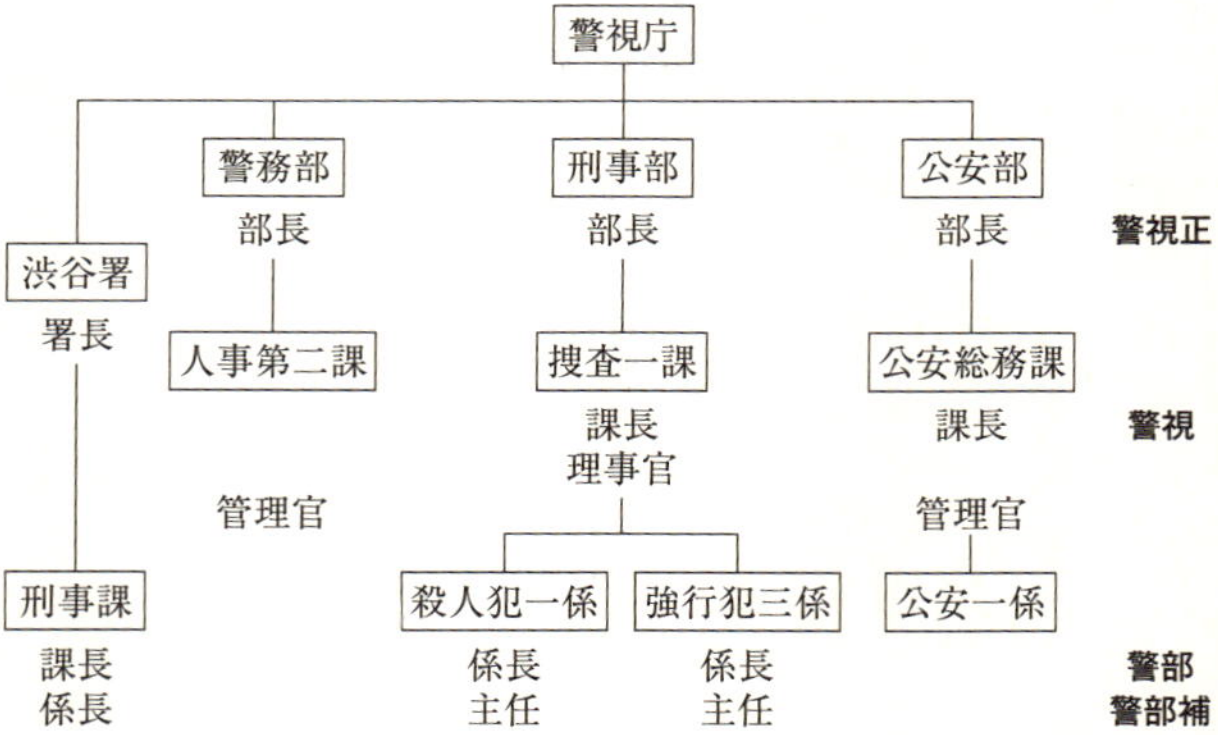

序章

スクランブル交差点は、たちまち人で埋まった。

幼児の手を引く男と女。はしゃぐ小娘の群れ。からみ合うカップルたち。

ひさしぶりの晴天を見あげる者などいない。

車の上でマイクを持つ連中は無視されている。

男は、高架下の路上に立ち、腕時計を見た。午前十一時二十分になる。

《つぎの信号で渡れ》

体のどこからか声がした。

もう何日もおなじ声を聞いている。喧騒《けんそう》の街中を歩いていても、自室にロックンロールが響いていても、頭のなかは森のようで、ささやき声だけが神経を刺激する。

いつからそんな状態になったのかわからない。

記憶をたぐる気もないし、そもそも疑念を抱くことすら忘れてしまった。

交差点にむかって歩きだす。

何度か他人の肩にぶつかった。

そのたびに相手が顔をしかめる。にらみつける者もいた。
だが、気にしない。きまぐれな風にふれたようなものだ。
雑踏の交差点をすぎた先に、群集がある。
五百人はこえているか。
彼らの大半がオレンジ色の小旗をふっている。
まるで魔法にかけられたかのように、全員が笑顔で、眼《め》つきもおなじだった。
――都議会議員選挙に勝利を。光衆党を大躍進させてください――
選挙カーの上で、スーツ姿の男が声をからし、拳《こぶし》を突きあげた。
光衆党の幹事長、西原正行《にしはらまさゆき》である。
この数日間は、彼の名をうわ言のように口にしている。
群集が小旗を振り、歓声を発し、西原の問いかけや手の動きに呼応する。
《あいつだ》
また声がして、男はポケットから手をだした。
やがて、群集が真っ二つに割れ、幅二メートルほどの道ができた。
予行演習をこなしてきたかのような手際のよさだ。
人垣の道の端に立った。
車をおりた西原が愛想をふりまきながら花道をゆっくり歩く。

彼の周囲を六、七人の男どもが警護する。
《やれ》
男は笑った。笑って懐の拳銃《けんじゅう》をつかんだ。
あと二メートル。
一歩踏みだし、すこし腰をおとした。
すぐそばで悲鳴があがった。
警護の男たちがうごく。
しかし、西原の体を隠す者はいなかった。
てめえらの信心てのはこんなもんか。
ふいに言葉がうかんだ。
同時に、引金をしぼった。
西原がうめき、膝《ひざ》からくずれ落ちる。
いくつもの悲鳴がかさなり、群集がはげしくゆれた。
《とどめだ》
また声がした。
男はさっと近づき、あおむけに倒れる西原の頭に銃口をむけた。
騒然とするなか、ふたたび銃声がとどろいた。

鹿取信介《かとりのぶすけ》は、けだるい足どりで渋谷の道玄坂《どうげんざか》をくだっていた。四月にしては陽射《ひざ》しがきつい。体がとろけそうだ。上着の袖《そで》をひかれた。

「仕事は」

「きょうは休む」

鹿取は前をむいたまま応《こた》えた。

きのう、苦手の捜査報告書を書きあげた。

一週間前に杉並区の住宅街でおきた強盗殺人事件は、捜査本部を立ちあげてから三日で解決した。犯人が自首してきたのだった。

殺したあとで、己の寿命を計算する。

ちかごろの凶悪犯罪のほとんどはそんなやつらの仕業である。

やつらのためにウラをとり、捜査報告書を書くのは苦痛以外のなにものでもない。

女友だちのひとりを誘って酒を飲んでいるうち、その気になった。出会い系サイトで知り合ったシングルマザーだ。街中を遊び歩く仲になって半年になるが、一緒にめざめたのはきょうが二度目である。

鹿取の周辺にはそうした女たちが何人かいる。

彼女らに共通しているのは鹿取が警察官だと知っていても、部署は知らないことだ。

「それなら、ランチ食べようよ」

「やめとく。帰って寝る」

「酔いつぶれていびきかいてたじゃない」

「そうか」

鹿取は顔を横にふった。

「おまえ……」

ふてくされてたんか。

そう言いかけたとき、前方で悲鳴があがった。

悲鳴がこだまのようにひろがっている。

鹿取は腕を払った。

「ほっとけば……」

女の声は鼓膜ではじいた。

銃声が届き、悲鳴はさらにおおきくなった。

鹿取は走った。

あたりはついている。ＪＲ渋谷駅前のハチ公広場だ。

横断歩道を渡ったところで人込みにもまれそうになった。

ものすごい数の群集である。
だれもかれもが叫んでいる。怒鳴り声と泣き叫ぶ声が交錯する。
両腕で人波をかきわけ、肩で突き飛ばしながら進んだ。
広場の中央にぽっかり空間ができていた。
直径五メートルほどか。男どもが両腕をひろげ、群集の接近をはばんでいる。
その真ん中に二人の男が倒れていた。
警察手帳をかざし、空間に足を踏み入れた。
ほとんど同時に、むこう側から十人ほどの集団がなだれこんできた。
彼らを無視し、四、五人に囲まれている男に近づく。
あっ、と声がもれそうになる。
男たちが叫ぶ。
「救急車はまだか」
「だれか、医者はいませんか」
鹿取は、倒れている男の首筋に手をあてた。
助からない。
途切れ途切れの血脈を感じたが、死へのカウントダウンのようだ。
上着の下の白いシャツは真っ赤に染まっていた。

銃弾は心臓をつらぬいたようだ。
もうひとりの男のほうへ移った。
こちらも鼠《ねずみ》色のジャンパーが血に染まっている。
すでに脈はなかった。
「どういうこと」
女の甲高い声がした。
鹿取は、かがんだままふり返った。
若い女が制服警官の前に立っている。拳がふるえているのがわかった。
制服警官は棒立ちだ。せいぜい三十手前か。右手の先に拳銃がたれている。
女がそれをうばった。
鹿取は、女のそばへより、ハンカチで拳銃をつかんだ。
「なにするの」
女がわめいた。眼が血走っている。
「警視庁、強行犯三係の鹿取警部補だ」
鹿取が応える前に、女のうしろで声がした。
渋谷署刑事課の課長、藤崎恵一《ふじさきけいいち》警部だ。幾度か凶悪事案を共有したことがある。
鹿取はＪＲ渋谷駅のほうに視線をやった。

駅の向こう側の交差点角に渋谷署がある。走れば五分とかからない。

藤崎が女の腕をひき、前にでた。

「鹿取、偶然か」

「まあな」

「加害者は即死のようだな」

「なにが言いたい」

「精鋭部隊の強行犯三係が出動しても、活躍のしようがない」

「そう邪険にするな」

鹿取の声に女の声がかさなった。

「課長、そんな話をしてる場合ですか」

「立山《たてやま》、うちに捜査本部が立っても、鹿取警部補だけは相手にするな」

「なぜですか」

「すぐにわかる」

藤崎が言い残し、その場を離れた。

立山と呼ばれた女が気の強そうな視線をぶつけてきた。

鹿取は、にっと笑って返した。

第一章

「捜査本部ではおとなしくしていなさい」

「たしか、四か月前もおなじ台詞《せりふ》を聞かされました」

「捜査一課の星野《ほしの》理事官に言われたんだよね」

「はい。それも犯行現場につくなり……」

「意図がちがう」

田中一朗《たなかいちろう》がきっぱり言った。

渋谷駅前で光衆党幹事長の西原正行の息も絶え絶えの顔を見た瞬間、警察庁警備局長の田中警視監の顔があざやかにうかんだ。

呼びだされるのを覚悟したが、まさかこんなに早く、渋谷署に捜査本部が設置される前に連絡があるとは予測もしていなかった。事件現場にやってきた上司の丸井《まるい》係長と話しているさなかに携帯電話が鳴ったのだった。

田中が言葉をたした。

「捜査本部以外の場所では存分にあばれてくれ」

「それを言うために自分を呼んだのですか」

「そうだ」

田中がさらっと応《こた》えた。

衆参合わせて二十七名の国会議員を束ねる幹事長が射殺された。それも、統一地方選挙戦初日の街頭演説の、群集にかこまれたなかでの凶行である。

政界に激震が走り、マスコミは選挙戦そっちのけで事件を追うのは必至だ。

光衆党の支持母体である宗教法人・光心会の動向もおおいに気になる。

それなのに、田中の表情はいつものように余裕がある。

いったい、どういう神経をしているのか。

鹿取は、あきれ顔で田中を見つめた。

「君との連携は継続中と認識している」

「隠れ公安になると約束したおぼえはありません」

「形なんてどうでもいい。君はわたしの仲間……パートナーだ」

鹿取は唇をへしまげた。

田中に澄みきった瞳《ひとみ》をむけられるだけでも抵抗できなくなるのに、仲間だ、パートナーだと言われれば、なにも言い返せなくなる。

田中がロイヤルミルクティを飲む。

四か月前はホテルの客室と料亭の個室に呼ばれた。

今回はおなじホテルでも喫茶室だ。

時間的な制限があるのか、きな臭い話はあとまわしにするのか。

どっちにしても、表情とは裏腹に心中おだやかでないのはたしかだろう。

そう思うと、わずかばかりの余裕ができた。

「四か月前の事件の延長戦と受け止められてるのですね」

「延長戦かどうか……根っこはおなじだろうが」

「その根っこの実体、今回もおしえてはいただけないのですか」

「君の好きなようにさせたい。予断は邪魔になるだけだ」

「警視庁上層部の見解をおしえてください」

「いまのところ、なにもない。連中はどうあつかうか、とまどっている」

「公安部はどうです」

「かなり神経質になっているようだ」

「つまり、西原を殺した男は宗教団体の関係者というわけですか」

「小川利次《おがわとしつぐ》、二十七歳。大田区にある金属加工の町工場の非正規労働者だ。宗教法人・極楽の道の在家信者らしいが、日本極楽党の党員かどうかをふくめて、公安部は情報収集を急いでいるとの報告を受けた」

「教団のなかで、めだつ存在ではなかった」

「そういうことだ」

「刑事部との衝突はさけられそうにありませんね」

「君には関係ないだろう。かえって、間隙《かんげき》を衝《つ》けるかもしれん」

「そのためにも、捜査本部では腐った貝になれと」

「簡単じゃないか。そもそも刑事部も公安部も、幹部たちは皆、君の存在をけむたがっている。だまりこくっているほうが、連中は神経をとがらせる」

「そういう魂胆ですか」

鹿取は表情をくずした。

「三係への出動命令、警視監の指示ですか」

「君が現場に居合わせた。三係は事案をかかえていない。当然の命令だな」

うまくはぐらかされた。

それでも鹿取は、田中の指示があったと確信している。

「また連絡する」

田中が伝票を手にした。

鹿取はあわてた。

「まってください」

「つぎの用がある」

「三分……一分でもかまいません」

田中が苦笑をもらした。

鹿取は間を空けなかった。

「ホタルと接触されてるのですか」

「どうかな」

「生きてるんでしょうね」

「さあ。暗くてよくわからん」

「そんな危険な場所に……」

「応えられん。ただ、これだけは言っておく。螢橋《ほたるばし》の心中は察してやりなさい。君は人にめぐまれている。警察上層部の九割九分を敵にまわしているかもしれんが、いつもそばに人がいる。以前、君は、いざとなれば仲間も友も見捨てるとうそぶいたが、そうほざける君はしあわせ者だ。螢橋は……」

田中が声を切り、腰をあげた。

鹿取は、黙って田中の顔を見た。

「孤独に生きていても心の支えはだれにだってある」

言いおき、田中が背をむける。

鹿取は唇をかんだ。

勝手にしやがれ。

そう吐き捨てたくなった。

ハマのホタルこと、神奈川県警察本部警備部公安二課の螢橋政嗣《せいじ》警部が消息を絶って半年がすぎた。そのあいだ、たびたび裏で連携した鹿取や、鹿取の同僚の児島要《こじまかなめ》、深い絆《きずな》で結ばれる三好《みよし》組の三好義人《よしと》に一度も連絡をよこしてはいない。

螢橋はこの十年あまり、田中の指揮下で特別捜査チームが編成されるたびに召集をかけられており、田中の口ぶりと気配から極秘任務についていると思うのだが、それは推察でしかなく、鹿取がしつこく迫っても田中はなにもおしえてはくれない。

そんなことより、電話の一本もよこさない螢橋に怒っている。

公安刑事の任務は熟知している。鹿取もかつては警視庁公安部に在籍していたので、警察庁直々の極秘任務がどれほどきびしいものか、わかっているつもりである。

だがしかし、心配をとおりこして、近ごろは無性に腹が立つ。

ポケットの携帯電話がふるえた。

「うるさい」

《まだなにも言ってませんよ》

児島の声はあかるかった。

四月十日午後七時三分、渋谷署で第一回捜査会議が開かれた。

出席者は七十余名だった。

捜査本部設置直後の記者会見で、渋谷署刑事課の藤崎課長は、事件の凶悪性、一般社会への影響をかんがみて、二百名をこえる捜査陣容になると発表した。

実際、警視庁刑事部捜査一課の殺人犯一係と強行犯三係、組織犯罪対策課の計二十六名を中核に、渋谷署刑事部と関連部署、他署の応援部隊が集結し、会議場は歩くのも不自由なくらい長机と椅子《いす》がならんでいる。

捜査員の大半は初動捜査の基本である聴き込みに汗をかいているにちがいなかった。殺害現場にいた目撃者の数は数百人にのぼる。西原を射殺した犯人の現場までの足どり、犯人の自宅および職場での聴き込み捜査にはかなりの時間を要する。

初動捜査と並行して、犯人を撃った警察官の事情聴取も行なわれている。

事件発生から八時間後の捜査会議にはむりがあった。

にもかかわらず会議を開いたのは、マスコミと世間の眼を意識したからだろう。

あるいは永田町の意向が強く働いたのかもしれない。西原の街頭演説には所轄署を中心に五十名ほどの制服、私服警察官が周辺警護を行なっていたそうで、犯人を射殺したのはそのうちのひとりである。

警視庁は威信をかけて事案に取り組む姿勢を示す必要があった。

鹿取は最後列の窓際の席に座った。

となりに児島警部補、前列には三係の倉田洋《くらたひろし》警部補と、弓永則夫《ゆみながのりお》、白石慎平《しらいししんぺい》、室町卓也《むろまちたくや》の三人の巡査部長がいる。

丸井富生《とみお》係長をのぞき、三係の陣容は五年間変わらない。異例のことだ。これまで幾度か異動の噂《うわさ》が流れたけれど、現実にはならなかった。強行犯三係は捜査一課で一番の検挙率を誇る軍団なのだが、三人の警部補は命令無視の単独捜査を得意とするので、内定した異動先の幹部連中が受け入れを拒んでいるとの情報もある。そのあおりを受けてか、三人の巡査部長も異動願を提出するのさえためらっているらしい。

となりの児島が小声で話しかけてきた。

「公安の連中、見えませんね」

雛壇《ひなだん》の中央に警視庁刑事部の此川祐介《このかわゆうすけ》部長が座し、彼の両脇を捜査一課の坂上真也《さかがみしんや》課長と渋谷署長が固め、坂上の右側に星野理事官ら警視庁組が、署長の左側には藤崎課長ら渋谷署幹部の面々がならんでいる。

昨年暮れに発生した南青山官僚射殺事件のときは初回の捜査会議から公安部公安総務課の大竹秀明《おおたけひであき》課長と中山直樹《なかやまなおき》管理官が参加した。

公安総務課の幹部が刑事部の捜査会議に参加するのはきわめて異例のことだった。

――かなり神経質になっているようだ――


田中の言葉がうかんだ。

公安部がすでに捜査に着手しているのはあきらかだ。

情報収集にてまどっているのか。まずは独自捜査を先行させる気なのか。あるいは、現時点での刑事部の捜査になんら期待していないのか。

いずれにしても、早晩、捜査会議に加わるのは眼《め》に見えている。

「いようがいまいが関係ない」

鹿取の声が届いたのか、藤崎課長がにらみつけた。

「静かにしろ」

そう言って、すくと立ちあがった。

「これより、渋谷駅前幹事長射殺事件の第一回捜査会議をはじめる。まずは、警視庁の此川刑事部長からお話がある」

凶悪犯罪がおきたさいの恒例行事である。捜査会議は刑事部長の訓示で幕をあける。

此川祐介が座ったまま口をひらく。

それを見て、鹿取は四か月前を思いだした。

昨年の十二月二十四日の夜、南青山の官舎で国交省官僚の伊藤正志《いとうまさし》が射殺された。

伊藤は、大学生のころ、のちに宗教法人・極楽の道の教祖となる宮沢鸞子《みやざわらんこ》と交際していて、鸞子の息子で現在は日本極楽党の党首である宮沢小太郎《こたろう》の実父ではないかという憶測の下、公安部に監視されていた。

　刑事部の幹部らはその事実を知らなかったせいもあり、犯行現場に公安関係者が駆けつけ、公安総務課の幹部が捜査会議に参加したことで、捜査本部は混乱をきたした。

　あのとき、百八十七名の部下を前に、此川は苦渋の顔つきで檄《げき》を飛ばした。いや、檄というにはあまりに迫力を欠き、およそいつもとはちがっていた。

　いまもあのときとおなじ表情に見える。

　会議場の雛壇に公安幹部がいなくても、公安事案を強く意識しているのだろう。

　あるいは、取調室の様子が気になるのか。

　射殺犯の小川を撃ったのは渋谷署地域課に所属する玉井治《たまいおさむ》巡査部長である。二十九歳の独身で、恋人はいないという。玉井は街頭演説の周辺警備のために出動していた。

　玉井への事情聴取は事件発生三十分後に開始された。渋谷署刑事課の捜査一係長が訊問《じんもん》を行ない、警視庁捜査一課の星野智史《さとし》理事官と強行犯三係の丸井富生係長、玉井の上司の鈴木《すずき》良知《よしとも》課長、それに、警視庁警務部の堀内忠友《ほりうちただとも》管理官が立ち会っているそうだ。

「長いですね」

　耳元で児島にささやかれ、鹿取は視線をふった。

　此川の訓示のあとは頬杖《ほおづえ》をつき、窓のほうをむいていた。

――捜査本部ではおとなしくしていなさい――

田中警視監の指示に従っているわけではなかった。

頭のなかは知識と体験と情報がまざりあっていくつもの疑念が飛び交っている。

「なにが」

「玉井の訊問ですよ。会議がはじまったのだから中断してもよさそうなのに……」

「やっかいなんだろうよ」

「光衆党がうるさく言ってきたのでしょうか」

「いろいろあるさ」

「なんですか、いろいろって……」

児島の瞳が光ると同時に、雛壇から怒声が飛んできた。

「おい、児島。私語はつつしめ。退場させるぞ」

「すみません」

児島がぺこりと頭をさげる。

鹿取は、此川のとなりに座る坂上課長の顔を見た。

どうして児島なんだ。叱《しか》られ役はいつも俺じゃねえか。

そう眼で問いかけたが、坂上は無視するかのようにうつむいてしまった。

此川の訓示も、藤崎による捜査体制の説明もおわり、いまは鑑識係の幹部が現場捜索の報告を行なっている。このあと、地取り捜査の報告と、捜査方針の通達とつづき、最後には捜査員の班分けがある。

指揮官の檄と、知識の共有。捜査本部の第一回捜査会議はその程度のもので、捜査員が色めき立つような情報が提供されることはめったにない。

それにしても静かすぎる。

政治家を射殺した犯人を警察官が射殺したことで、捜査員たちは今後の展開が読みづらいはずだ。被疑者死亡で大規模な捜査本部が立つこと自体がめずらしい。

公安部の捜査介入も気になっているだろう。

光衆党の支持母体の光心会は公安部の監視対象下にある。光心会にかぎらず、警察公安は全国のあらゆる宗教団体、宗教関係者を監視している。

どういう捜査方針が示されるのか。

公安部の動向にどう対応するのか。

捜査員たちは固唾《かたず》をのんで見守っているにちがいない。

鹿取は、ぐるりと首をまわしてから頬杖をつき、またそっぽをむいた。

児島の顔を見ると、女将《おかみ》の高田《たかた》郁子《いくこ》はたくさんの料理を運んでくる。

すっかり見なれた光景である。

午後十一時をすぎても中野新橋の食事処《どころ》・円《まどか》は客でにぎわい、階段をのぼってくる郁子の額には汗がにじんでいた。

「これ、わたしがつくったの」

郁子が茶碗《ちゃわん》を児島の前においた。

赤飯はかすかに湯気が立っている。

児島の眼がよろこんだ。

「ありがとうございます。うれしいです」

児島が丁寧に頭をさげる。

「めでたかねえだろう。これから修羅場だぜ」

鹿取が茶化すと、郁子は、ふん、とばかりに顎《あご》をしゃくった。

あわてて、児島が声を発した。

「あした、誕生日なんです」

「はあ」

「それで、女将さんから、あした食べにおいでって……まさか、前の日に赤飯で祝ってもらえるなんて……感激です」

「おまえら……」

鹿取は、児島と郁子の顔を交互に見た。

まさか二人が連絡をとり合っているとは露ほども思わなかった。

「味は保証しないわよ」

郁子が背をむけ、階段を駆けおりる。

児島がうまそうに頬張る。

鹿取は、沢庵《たくあん》の古漬けをかじり、常温の日本酒をあおった。

毎度のことだ。

児島は小柄なのに大食漢で、疲れていようと悩みがあろうと食欲がおちない。料理を前にすればひたすら食べるので、話しかけるのも遠慮してしまう。

そのあいだ、鹿取は酒と煙草《タバコ》で時間をやりすごす。

児島が顔をあげ、息をついた。

「食ったら帰れ」

鹿取はつっけんどんに言った。

「そういじわるを言わないでください。これから講義を受けるんです」

「講義……俺にか」

「はい」

児島の顔が引き締まる。

「だれも意見を言わない。質問もしない。あんなつまらない会議、初めてです」

「後始末をやらされるだけだからな」

「本気で言ってるのですか」

「犯人は現場で警察官に殺されたんだ。活躍のしようがねえ」

「それならどうして、二百人をこえる捜査員を投入したのですか」

「くだらんことを訊《き》くな。渋谷署の藤崎が言ったとおりだ。まずは犯行の動機と背後関係……政治家が殺されたんだぜ。警察の者でなくても共犯や教唆が頭にうかぶさ」

「ほかには」

「世間、マスコミ、政党……いろんな手前もある」

鹿取は面倒くさそうに返した。

「うそは通用しませんよ」

児島が顔を近づける。

鹿取は眼をしばたたかせた。やっかいな眼だ。死ぬまでなれそうにない。

「鹿取さんの相棒は自分しかいません。どうせ最後は一緒にやるんだから、今回は端《はな》から手持ちの情報をおしえてください」

「ない」

「復讐《ふくしゅう》ですか」

「ん」

「四か月前の事件の……」

「やめねえか」

鹿取は眼と声をすごませた。

「おまえ、てめえのケツをぬぐったのか」

「女房のことは……」

児島が言いよどむ。

それだけで状況が読めた。

児島の妻の洋子《ようこ》が宗教法人・極楽の道に入信したのは昨年五月のことである。実父の久《く》保《ぼ》勝彦《かつひこ》が脳梗塞《のうこうそく》で倒れたのがきっかけで、熱心な在家信者になった。極楽の道が支持母体の日本極楽党の党員にもなり、昨夏の参議院選挙では選挙運動に励み、その功績を評価されたのか、日本極楽党東京支部の広報部副部長に抜擢《ばってき》された。

その経緯は警視庁公安部筋から入手していたけれど、児島には黙っていた。

児島から相談をもちかけられたのはことし一月中旬のことである。

南青山官僚射殺事件の捜査は難航をきわめていた。

情報を小出しにする公安部にいらだつ捜査本部の幹部らは、公安部に相談しないで、捜査の的を公安事案にしぼる決断をした。

児島はあわてた。

警察内規は宗教にふれていないものの、新興教団とのかかわりは厳に戒められている。十数年前におきた地下鉄毒ガス事件が無言の内規をさらにきびしくした。

児島は、洋子の入信だけでも気がめいっていたのに、いずれは捜査の眼が新興教団に向くと予測し、こまり果てて鹿取に心情を吐露したのだった。

警視庁上層部は児島の処分を検討したらしいが、そのさなかに官僚射殺事件は解決し、処分どころか、児島への事情聴取も見送られた。

だが、それで事なきを得たわけではない。

児島が窮地に立たされている状況はいまも変わらない。

児島の顔つきからして、家庭内の状況も膠着《こうちゃく》しているようだ。元警察官で児島に同情する義父が洋子を強引に連れて帰り、極楽の道と日本極楽党と縁を切らないのなら離婚するよう説得していると聞くが、事態は好転してないのだろう。

鹿取は、もどかしい思いでなりゆきを見守っている。これまで他人のプライベートにはかかわらなかったし、官僚射殺事件が解決したあとはその件にふれないできた。

しかし、いつも胸のどこかにひっかかっている。

――君は人にめぐまれている。警察上層部の九割九分を敵にまわしているかもしれんが、いつもそばに人がいる。以前、君は、いざとなれば仲間も友も見捨てるとうそぶいたが、そうほざける君はしあわせ者だ――

田中の言葉が頭によぎった。

そばにいる人が児島や公安刑事の螢橋、三好組長をさしているのはあきらかだ。

「どうにもならんのか」

つい、本音がこぼれた。

児島が意外そうに眼をまるくする。

それを見て、鹿取は腹立たしくなった。

「てめえのケツもぬぐえんのなら、なにもするな」

怒ったつもりだが、児島は笑みをうかべた。

「仕事と家庭は別です」

「おまえの意志は通用せん。今度はまちがいなく監察官室に呼ばれる」

「やはり、昨年暮れの事件がからんでると……」

「勘違いするな」

鹿取は語気鋭くさえぎった。

「あの捜査のさなかも、そのあとも、殺された官僚の過去……極楽の道の教祖や日本極楽党の党首との関係は世間に知れなかった。マスコミも事件の背景を深追いしなかった。だから、おまえは助かったんだ。しかし、今回はのがれられん。光衆党と光心会の関係は周知の事実で、マスコミも世論も政治と宗教にあらためて眼をむける。しかも、犯人を警察官が撃ち殺した。拳銃使用の正当性をふくめ、マスコミはあの警察官の周辺を徹底的に取材するにきまってる」

「そういえば、どうして捜査会議で事情聴取の途中報告がなかったのでしょう」

「おまえ、ほんとうにまっすぐだな」

鹿取はあきれ、酒を飲んで言葉をたした。

「すこしは裏を読め……て言いたいところだが、まあ、むりか」

「自分はそんなにあほですか」

児島がむきになった。

「いいじゃねえか。いまの世のなか、要領をかます、ずるい野郎どもばかりだ。おまえを見てると、ほっとするぜ」

「ほめられてる気はしませんが」

「ほめちゃいねえよ。第一、俺にほめられて、なんの得がある」

「それはそうですね」

童顔に無邪気な笑みがひろがった。

鹿取は、テーブルに片肘《ひじ》をついた。

「で、裏読みだが……玉井治とかいう渋谷署の警察官、かなりしめあげられてるぜ。殺害の動機に関してな」

「殺害の動機……まるで確信犯のような言い方ですね」

「至近距離から、銃弾は心臓を貫通してた。あれは、狙《ねら》い撃ちだ」

「そ、そんな」

児島が眼をまるめた。

「まさか、幹部連中も……」

「捜査本部の幹部連中だけじゃない。警視庁の上層部も、警察庁のお偉方も……もしかすると、官邸サイドも徹底究明の指示をだしたかもしれん」

「さっきの会議では玉井巡査部長の身辺捜査の指示はありませんでした」

「当然だ。警察の威信にかかわることはこれまでも極秘あつかいだった。やつの身辺捜査は監察官室と警務部の人事課にまかせたんじゃないか。別線だろうが、すでに公安部の連中も動いてるはずだ」

「公安……ひょっとして……」

児島がさらに眼を見開き、咽《のど》を鳴らした。

「玉井は隠れ信者なのですか」

国や地方の行政組織には新興教団と深くかかわる者が多数いる。彼らは教団の入信者名簿には載っていないが、熱心な信者であることに変わりない。そういう連中を公安部はカクレと称する。隠れ信者の隠語である。警察庁や警視庁内にも隠れ信者はいるけれど、その実態は公安部でさえ正確には把握していない。

霞《かすみ》が関《せき》の府省庁にひそむ隠れ信者の大半は光心会のそれといわれている。

「俺はそう見てる」

「つまり、玉井は隠れ光心会……眼の前で光衆党の幹事長が撃たれ、報復した」

「ほんと、単純だな」

鹿取は笑って返し、酒をあおった。

児島が身を乗りだした。顔が赤く色づいている。

「ほかになにがあるのです」

「いろいろある」

「そればっかり。ちゃんと説明してください」

「おまえのやっかい事が片づいたらな」

「鹿取さん」

児島がにらみつける。

「なんだ」

「自分は監察官室に呼ばれるのですか」

「状況次第だ」

「事件に極楽の道が関与してるとわかった場合ということですか」

「極楽の道だけじゃねえ。事件の背景に新興教団の存在があると判断した時点で、上層部は隠れ信者のうたがいのある者を訊問する。ましておまえは処分保留の身で、捜査本部の一員なのだ。真先に呼ばれるさ」

鹿取は、また田中の言葉を思いうかべた。

――三係への出動命令、警視監の指示ですか――

――君が現場に居合わせた。三係は事案をかかえていない。当然の命令だな――

あれはうそだ。

田中が先手を打ち、警視庁上層部と監察官室の動きを封じたのか。

いや、そこまではやらないだろう。

田中が動くのは最悪の事態になってからだとの読みもある。

「わかりました。覚悟しておきます。でも、仕事は別です。これを……」

児島が襟のバッジを指さした。

赤地に金でS1Sの文字がある。Search 1 Selectの略称で、選ばれし捜査員を意味し、警視庁捜査一課の捜査員たちだけに与えられる。

「これをつけているあいだは、捜査に専念します」

「おまえにとって、捜査一課が刑事か」

「そうです」

児島の瞳が光った。

鹿取は、首をまわし、雑念をはらった。

警視庁捜査一課の刑事になるために生まれてきたと、臆面《おくめん》もなく口にする男になにを言っても時間のむだというものだ。

「おまえは、捜査方針どおり、被疑者の敷鑑捜査にあたれ」

「もうすこし具体的に言ってくれませんか」

「やつの親族、交友関係者にどこかの信者はいないかどうか……その一点にしぼれ」

「わかりました」

言ったあと、児島が表情をくもらせる。

鹿取にはぴんときた。

「室町は連れて歩くなよ」

児島は通常、強行犯三係では最年少の室町卓也とコンビを組んでいる。

「しかし、南青山の官僚射殺事件のときもそうしたので、室町がふてくされて、なだめるのに苦労しました」

「コンビを組めば、ふてくされるどころか、泣きを見る。室町だけじゃない。弓永や白石はもちろん、倉田にも俺たちの動きは悟られるな」

児島の表情がゆるんだ。

「鹿取さんは、得意先から情報を拾い集めるのですね」

得意先とは公安筋のことである。

かつて、鹿取は公安刑事だった。警視庁公安部に鹿取ありともいわれていた。

地下鉄毒ガス事件がおきる直前、新興教団に関する公安情報がファックスでマスコミ各社に流れた。あきらかに内部者のリークとわかる文面であった。警察上層部はあらゆる手段を講じて新聞やテレビでの報道を封じる一方で、リーク者の特定に心血を注いだ。最後まで嫌疑をぬぐえなかったのが鹿取で、上層部は監視の眼が届く部署に異動させることを決断し、鹿取を刑事部捜査一課に異動させたのだった。

強行犯三係の仲間でその事実を知るのは児島ひとりである。

「あんまり期待できん。公安部はピリピリしてるはずだからな」

「公安部の動きだけでも調べてください」

「どうして」

「自分の捜査の邪魔をされたくありません」

「むりだ。会議で示された捜査方針は公安部の捜査とバッティングする。被疑者の身辺捜査と背後関係の洗いだし、拳銃の入手経路、街頭演説に関する情報の入手経路……それらすべて、捜査本部が立ちあがる前から公安部が動いてると思え」

児島が口元をゆがめ、ややあって真顔にもどした。

「どうして光衆党の幹事長だったのでしょう」

「はあ」

「きょうは統一地方選挙戦の初日で、渋谷の事件の二時間前には、党首の和田幸夫《わだゆきお》が有楽町で第一声をあげていいます。ほかにも本部や支部の幹部議員が演説に立ち、おそらくは、光心会の幹部連中も近くにいたと思われます。もっと簡単に狙える者がいたかもしれないのに、どうして被疑者は幹事長を襲ったのか」

「ふーん」

鹿取は低くうなり、腕を組んだ。

児島の疑念は捜査刑事の基本のそれだが、鹿取には思いうかばなかった。頭のなかは公安事案で占められていた。

「公安部は単独で動くつもりなのでしょうか」

「いや。遅かれ早かれ会議に顔をだすさ」

「前回と同様に、主だった捜査員も監視される」

「されるじゃなくて、すでにされてる。とくに俺とおまえはぴったりマークだな」

「光栄です」

「今度こそ、へたをすればつぶされるぞ」

鹿取は、手酌で酒を飲み、沢庵をかじった。

はでな音がした。

——これをつけているあいだは、捜査に専念します——

そう啖呵《たんか》を切ったものの、不安をぬぐい去れなかった。そのせいで酒量が増え、昨夜は食事処・円で眠ってしまった。

けさは、捜査会議に出席したあと、大田区に足を運んだ。

被疑者の小川利次は町工場が密集する地域のアパートに住んでいた。六畳一間の部屋はすでに鑑識班の捜査がおわり、そこらじゅうに白い粉が付着していた。時間をかけ、丁寧に捜索したけれど、宗教にかかわるものは見つけられなかった。自宅から五分の距離にある勤務先の町工場での聴き込みでも、彼と宗教を関連づける証言は得られなかった。

だからといって、鹿取の話を忘れるわけにはいかない。

公安部が捜査本部より早く小川の自宅を捜索し、物証を持ち去った可能性もある。となりに住む人の話では、前夜に物音が聞こえたという。

午前中を大田区での聴き込み捜査につぶし、着替えの衣服を用意するために駒沢《こまざわ》の自宅に帰った。しばらく渋谷署に泊り込むつもりだ。

玄関をあけたとたん、読経の声がした。

この三か月間、妻の洋子は自宅と実家を行ったり来たりしている。といっても家事をするわけではなく、自宅から日本極楽党の東京支部にせっせとかよっているのだ。

児島は、自宅に帰ってもめったに洋子と話さない。一月に南青山官僚射殺事件が解決したあとも所轄署への出動が続き、練馬区での連続通り魔事件、杉並区での強盗殺人事件の捜査にあたったあと、わずか三日の本庁勤務を経て、渋谷署に出動した。

自宅に帰るのはほとんど深夜で、洋子はいても眠っていた。

玄関の灯《あかり》をつけ、リビングで趣味のパッチワークをして夫の帰宅を待っていたのはいつのことだったか。忘れてしまうほどの時間が流れたように感じる。

ずいぶんと長く、洋子の笑顔を見ていない。

あかるく声でもかけてみるか。

読経に頭痛がおきそうになるのをこらえて、洋子の部屋をノックした。いまでは、勝手に入れない。洋子が自宅に仏壇を持ち込んで以来、鍵《かぎ》がかかっている。児島が洋子を平手打ちし、仏壇を教団に返そうとしたために、洋子が対抗手段にでたのだった。

読経がやんだあとしばらく沈黙があって、児島が離れようとしたときドアが開いた。

児島は息をのんだ。

洋子の面相が変わっている。頰がこけ、眼つきが不気味に感じられる。

「どうしたんだ」

「なにがよ」

「顔が……」

なにかに憑《つ》かれているようだとは言えなかった。

「疲れてるの」

洋子がぼそっと言い、リビングへむかう。

児島もあとにつづき、冷蔵庫の缶ビールを手にソファに座った。

ひと口飲み、煙草を喫《す》いつける。

「体調が悪いのなら、実家で静養してはどうだ」

「そんなひまはないの。わかってるでしょう」

「えっ」

「あんな事件がおきたから……ほんと、迷惑だわ」

「光衆党の幹事長が殺された事件か」

声がうわずった。洋子とのことが頭から飛びかけた。

「党員や信者の方々から激励や心配の声をたくさんいただいて、その対応で大変なのに、マスコミの迷惑な取材が殺到して……丁寧にことわってはいるけど」

「迷惑な取材ってなんだ」

「宗教と政治の関係についての質問がほとんどよ。ほかに、似たような立場にある日本極楽党として、光衆党の悲劇をどう思うかだって。冗談じゃないわ。極楽党はこの統一地方選挙に勝利するためにこれまで頑張ってきたのに」

「本気で戦ってるつもりなのか。極楽の道の宣伝活動じゃないのか」

「ばかにしないで」

洋子がつかみかからんばかりの形相で声を荒らげた。

「去年の夏の参議院選挙も暮れの衆議院選挙も、統一地方選挙の布石みたいなものよ。政治は地方から……それが極楽党の基本理念なの」

「そうか。光衆党も地方議員を増やすことで徐々に勢力を拡大したんだったな」

「本格的な国会参戦は五年後……それをスローガンにわたしたちは戦ってる。そのためにも、この選挙に勝たないと」

「幹事長が殺され、光衆党に大量の同情票が流れる……それをおそれてるのか」

「選挙基盤が弱く、政治活動の実績がないわたしたちは国民を極楽にみちびく政策を丁寧に訴えて、浮動票や政治に無関心な若者たちの票を集めるしかないの」

「極楽党の幹部らはかなり危機感を抱いてるわけか」

「いま手を打ってる最中だけど、この逆風、簡単じゃないわ」

「どんな手を」

「言えるわけないでしょ。党の命運を賭《か》けた極秘作戦なのよ」

洋子が薄い笑みをうかべた。

それでも、昔の洋子の笑顔にはほどとおかった。

「わたしを助けてくれる」

「えっ」

「極楽の道に入信し、一緒に戦ってくれる」

「冗談言うな」

「ほらね」

洋子の顔が一変して、さげすむような表情に変わった。

「あなたには人の心がないのよ。一番身近なわたしにでさえ、救いの手をさしのべようとしない。身勝手で、偽善者……それがあなたの実像だわ」

「ふざけるな」

児島は、思わず拳《こぶし》をつくった。

洋子が顔を突きだす。

「殴りなさいよ。殴られたって、蹴《け》られたって、わたしはあなたを護《まも》ってあげる」

「どうかしてる……」

児島は、手のひらをひらき、肩をおとした。

「あなた、いまどんな事件を担当してるの」

「杉並区でおきた殺人事件だ」

とっさにうそがでた。勘が面倒をさけたがった。

「そう」

洋子が声をおとし、残念そうな表情を見せる。

「あの事件……どうなってるの」

「はあ」

「とぼけないでよ。渋谷の事件にきまってるじゃない」

「どうして訊く。渋谷署の捜査員がおまえのところへ来たのか」

「くるわけないでしょ。もう、いいわ」

洋子が立ちあがる。

「まて。まだ話はおわってない」

「なによ」

「脱会する気はないのか」

「ないわ」

児島は、洋子の眼をじっと見つめた。

洋子の瞳はぶれない。それどころか、にらみ返してきた。

「離婚調停を……」

「むだよ」

強い声にさえぎられた。

「信教の自由は憲法で保障されてるの。離婚の理由には絶対ならないわ」

「俺が警察官を辞めさせられてもか」

洋子が腰をおとした。しかし、あわてる様子はない。

「そのときは、わたしが、いいえ、極楽の道が警察権力と戦ってあげる」

「警察権力と戦う……なに言ってるんだ」

「離婚とおなじで解雇の理由にはならない。そんなの、権力の横暴よ。断固戦って、あなたの名誉と地位を護ってあげる」

児島は頭をかかえた。

倒れそうだ。

どうすればこの難事を解決できるのか。

考えれば考えるほど眼の前が暗くなる。

——これをつけているあいだは、捜査に専念します——

鹿取に切った啖呵がむなしく思えてきた。

三十分後、児島は代官山のカフェテラスにいた。

円形テーブルのむこうには、捜査一課の星野智史理事官がいる。

自宅で頭をかかえているとき、星野に呼びだされたのだった。

星野は一年前に警察庁から出向してきた。中肉中背の細面で、外面上の特徴はこれといってなく、昨年は無口でおとなしい印象をもっていた。

しかし、いまはちがう。

ことしの一月、南青山官僚射殺事件の捜査のさなかにも星野に呼びつけられた。

星野はこうきりだした。

――しばらく休養してはどうかね――

――捜査員の家族が極楽の道の幹部だと世間に知られたら、マスコミはこぞって捜査本部のあり方に疑義を呈するにきまってる――

児島が拒否すると、星野は職務を継続させる条件をふたつ示した。

官僚射殺事件に極楽の道が関与したと判明すれば、捜査本部から退かせ、謹慎させる。

もうひとつは児島を激怒させた。

あのときのやりとりは忘れない。

――鹿取の行動をわたしに報告してくれないか――

――自分にスパイをやれと――

――ありていに言えば、そうなる――

児島は、二つ目の条件をこばんだ。

星野は簡単にはひきさがらず、おどしをかけた。

——二か月以上前から、君を監察官室に呼んではどうかとの意見がある——

——二か月前……——

——そう。君の奥さんは、先の総選挙で日本極楽党を支援していた。奥さんを含めてだが、あの党は組織ぐるみで選挙違反を犯した疑いがもたれている——

——ほんとうですか——

——警視庁の捜査二課が内偵してるようだ——

記憶に、ついさっきの洋子の言葉がかさなる。

——党の命運を賭けた極秘作戦なのよ——

暗澹《あんたん》たる気分になりかけても、星野の前で弱気をさらすわけにはいかない。

児島は背筋をのばした。

「前回とおなじ話ですか」

「察しがいいね」

「それなら、返答もおなじです」

「残念ながら、君に選択権はない」

「監察官室行きが決まったのですか」

「いずれ……監察官室と人事課が連携し、過去に宗教的な問題ありとうたがわれた警察官の再調査をはじめたらしい。それが事実なら時間の問題だな」

「そんなことをおしえるためにわざわざ呼ばれたのですか」

「いきがるな」

星野が語気を強めた。

「君など、わたしの一存で、いつでも遠くへ飛ばせる」

児島は口をかたく結んだ。

勝手にしてください。

その言葉がいまにも飛びでそうだ。

「心配するな。いまはその気がない」

「どうせ条件がつくのでしょう」

「それもない。君が職務に専念し、事件を解決してくれるのを願ってる」

「解決……被疑者が射殺されたのに、おかしなことをおっしゃいますね」

「その点について、鹿取はなにか言ってるか」

「いえ」

「まだ連携してないのか」

「てめえのケツをぬぐうのが先だと、相手にされません」

「あいつにも仲間意識があるようだな」

「あなたには……」

「ない。わたしが警視庁にいるのはあと一年、長くても三年だ。仲間意識など持ったところで、よけいな荷物になるだけだ。疵《きず》をつくらずに古巣へもどる。それしかない」

「鹿取さんは疵の原因になるおそれがあると」

「やっかいな男だが、疵にはならんさ。あいつの存在が警察組織の疵なんだ」

児島は首を左右にふった。

ふいに鹿取の話がよみがえり、それが声になった。

「玉井巡査部長の訊問は進んでるのですか」

「応えられん」

「それでは捜査に影響します」

「捜査本部は光衆党幹事長の射殺事件のために立ちあげられた。被疑者との関連性が立証されないかぎり、玉井の件は切り離す。捜査方針を聞かなかったのか」

「聞きましたが、納得できません」

「わけを言え」

児島はためらいを捨てた。

「玉井は、拳銃を捨てるよう命令することもなく、いきなり至近距離で発砲した。しかも心臓めがけてです」

「気が動転したと……拳銃を持つほうの腕を狙ったとも証言してる」

「それを信じてるのですか」

「君はどう思う」

「狙い撃ち………」

児島は思わず眼をつむった。

誘導訊問と気づいてもおそかった。

「確信犯か……鹿取はそうにらんで玉井の周辺をさぐってるんだな」

「なんの話です。自分の考えを……」

「公安刑事はひねくれ者ばかりでね。裏読みが得意なんだ」

児島は反攻を試みた。

「理事官もおなじ読みですか」

「わたしは事実にしか興味がない」

「では、事実をおしえてください。玉井の身辺捜査はどの部署がやってるのですか」

「それもノーコメントだ」

「自分が事件を解決するのを願ってると……あれが本音なら、おしえてください。玉井の件をないがしろにして、全面解決できるとは思えません」

「君らしくない弱気の発言だな」

「公安部に邪魔をされるのがいやなんです」

「前言をあらためる。君と鹿取の活躍に期待する」

星野が立ちあがる。

児島は黙って見送った。

鹿取の動きが気になるのか。

本気で自分と鹿取に期待しているのか。

なにを、と自問して、すぐにやめた。

考えるのは苦手である。

まして、捜査事案に政治や宗教がからめば頭に破《わ》れ鐘がひびく。


第三回目の捜査会議が午後七時から行なわれる。

その十分前にほとんどの席が埋まった。

捜査員のどの顔もさえない。場内の空気も湿っぽく感じられる。

朝の第二回会議をすっぽかした鹿取がいつもの席についたとたん、前方にいた女が硬い表情でやってきた。

女は、児島の真後ろに立つなり、元気な声を発した。

「鹿取警部補、昨日は失礼しました」

鹿取が頬杖をついたまま応じる。

「どんな失礼をしたんだ」

「上官とは知らず、つい、怒鳴り声をあげて申し訳ありません」

「あれで怒鳴ったつもりか。俺は口説かれたのかと思ったぜ」

「セクハラです。訂正してください」

声が裏返り、顔が赤くなった。

「立山加奈子《かなこ》。東京都国分寺市生まれの二十八歳。百五十七センチ、四十五キロ。渋谷署地域課、少年課を経て、一年前に念願の捜査一係に配属された。小学生のころの夢は警視庁の刑事になることだったそうだな」

「わたしのことを調べられたのですか」

「俺の趣味は上司に聞いてるだろう」

「酒と女性にだらしない」

「それなら俺に近づくな」

「お訊《たず》ねしたいことがあるのです。鹿取警部補は渋谷署のわたしたちより先に現場へ駆けつけられた。それなのに、会議ではなにも報告されていません」

「なにが知りたい」

「警部補が目撃されたすべてです」

「忘れた」

「そんな」

前方で野太い声がした。

「おい、立山、なにをしてる」

「鹿取警部補に質問しています」

「やめとけ。鹿取だけは相手にするなと言ったじゃないか」

場内のあちこちで失笑がもれた。

渋谷署刑事課の藤崎課長がさらに叱りつける。

「早く席にもどれ」

いつのまにか、雛壇には幹部連中が顔をそろえていた。

初回の会議で檄を飛ばした此川刑事部長の姿はない。

「あっ」

児島は、鹿取の上着の袖《そで》をひいた。

「あらわれましたよ」

「ん」

「あの二人……」

公安部公安総務課の大竹秀明課長と中山直樹管理官が四か月前とおなじ位置にいる。

「いずれくると言ったはずだ」

「あの二人も、官僚射殺事件の延長線上にあるとにらんでるのでしょうか」

児島の小声に、前の席にいる倉田がふりむいた。

「要、なにかつかんだのか」

児島が応える前に、藤崎課長の声がとどいた。

「これから第三回捜査会議をはじめる。皆の活躍ぶりを報告してもらう前に話がある。今回から警視庁公安部が捜査に参加することになった。紹介しておく。左端のお二人、手前が公安総務課の大竹課長、となりが中山管理官だ」

大竹と中山がちいさく頭をさげたが、捜査員の誰ひとりとして反応しなかった。

前方で手があがった。おおきな背でだれかわかる。

捜査一課殺人犯一係の須藤淳平《すどうじゅんぺい》警部補である。所轄署時代から捜一ひと筋の刑事だ。柔道五段の巨漢ながら神経は細やかで、部下の面倒見がいいとも聞いている。

「公安部の参加は、宗教法人・光心会を意識してのものと考えていいのですか」

藤崎が大竹にちらっと視線を投げてから応じる。

「それでかまわない」

「事件の背景に宗教事案がちらついてる……そうとらえているのですね」

「そんなことは言ってない。周知のとおり、被害者が属していた光衆党の支持母体は光心会だ。その光心会をまったく無視して捜査をやるわけにはいかん」

「現時点で、被疑者は宗教法人・極楽の道の在家信者だったことが判明しています。そこで公安総務の大竹課長にお訊ねしたいのですが……」

「まて」

藤崎が声をひきつらせた。

「でしゃばるな。まだそれぞれの班の捜査報告も聴いてないのだ。だれへの質問でも受けつけるが、捜査報告がおわったあとにしろ」

「お言葉ですが、これまでの例から判断しても、捜査本部の方針と公安部の方針が合致するとは思えません。われわれ捜査員の大半は、公安部と事案を共有したという認識がありません。どうして公安総務課の幹部が会議に参加されたのか……その真意をおしえていただけなければ、捜査員も発言をためらうと思います」

藤崎が顔をしかめた。

代わりに、中央の坂上課長が声を発した。

「皆の気持ちはわからぬではないが、ここでは捜査を優先させるべきだ」

わずかな間があって、大竹が口をひらいた。

「会議の邪魔をしたと思われるのは不愉快だ。質問を続けてくれ」

坂上が須藤にむかってうなずく。

須藤が立ちあがった。

「では、お訊ねします。さきほど藤崎課長は光心会を無視して捜査をやるわけにはいかないと言われましたが、公安総務課もおなじ認識なのですか」

「質問の意図がよくわからないが」

「公安総務課の関心は光心会だけに向けられているのかと訊ねたのです。被疑者が入信していた極楽の道には関心がないのですか」

「もちろん、ある。宗教事案はすべてわれわれの対象だからね」

「宗教戦争との認識は」

にわかに、場内がざわついた。

児島もおどろいた。

捜査員のだれもが胸にかかえていた疑念を須藤が代弁したのである。

ひとり、となりの鹿取だけがあいかわらず頬杖をつき、顔を窓にむけている。

「どんな想定も疑念も、例えばいまの突飛な質問も、われわれは排除しない」

大竹が無表情で応えた。

「昨年暮れにおきた南青山官僚射殺事件との関連性もですか」

「はて、あの捜査に公安事案がからんでいたのかな」

とぼけるな。

児島は、胸のうちで吠《ほ》えた。

南青山官僚射殺事件は、被疑者死亡で幕をとじた。

けれどもそれは捜査本部が解散したという意味しかなさない。百八十七名の捜査員のほとんどは、叩き割ることもできないしこりを胸に残したはずである。

国交省のエリート官僚の伊藤正志を射殺したのは警視庁刑事部捜査一課強行犯一係の吉《よし》川学《かわまなぶ》警部補であった。吉川が射殺犯であることは断定されたのだが、被疑者死亡を理由に殺害の動機や事件の背景は公表されなかった。一部のマスコミが警察発表に疑念を抱いて取材をしていたようだが、警察の圧力によってすぐに沈静化した。

真実に最も肉薄していたのは鹿取信介である。

鹿取と吉川の銃撃戦の場にいた児島でさえ、鹿取の指示で動いていたのだ。

事件の根っこに、日本極楽党の宮沢小太郎党首が伊藤正志と極楽の道の宮沢鶯子教祖とのあいだに生まれた子だという事実があるのはたしかだろう。

他方、吉川警部補は隠れ光心会で、それも、熱心な信者だった。

鹿取は独自の情報網と強引な捜査手法で、事件の核心に迫っていた。

公安総務課の大竹課長が光衆党の西原幹事長と親しく、警察内規に抵触する疵を持つ吉川を情報屋に仕立てあげていた事実もつかんでいた。

――権力やカネに執着する者に、不安の種は尽きないもんさ……伊藤は政官財に太いパイプを持っていた。そんなやつが日本極楽党から出馬し、国会議員になれば、日本極楽党はおおきく飛躍するだろう——

——一度でも権力の味を知った者は、その力をおびやかされることを極度におそれる。その恐怖心が脅威の芽を摘むことに踏み切らせたのだと思っている。大竹は光衆党の西原幹事長と昵懇《じっこん》の仲だ。大竹本人も身内も光心会と光衆党に縁がなかったので、ミイラ取りがミイラになったんじゃないかな——

鹿取の言葉がすべてを物語っていると思う。

しかし、鹿取は己の情報と推察を捜査会議の場であかさなかった。

その理由を、児島は知らない。官僚射殺事件の黒幕の嫌疑をもたれた大竹がどうしておなじ地位に留まっているのかもわからない。

警察上層部も闇《やみ》に蓋《ふた》をした。

マスコミばかりか捜査員にも事件の背景を語らなかったのだ。

警察内部にひそむ隠れ信者の実態をあばかれるのをおそれたのか。

永田町や宗教団体におびえ、屈したのか。

児島の疑念は、殺害の動機とからんで、南青山官僚射殺事件にかかわった捜査員のあいだでもささやかれたようだが、その噂すら外部にもれることはなかった。

場内におきたどよめきは、当時の噂がよみがえったせいだろう。

大竹のとぼけた答弁にも、だが、須藤の声は冷静だった。

「そういう噂を耳にしました。噂とは別に、青山署の捜査本部に公安総務課が参加し、連携の有無はともかく、捜査本部の幹部が公安事案に的をしぼったのは事実でしょう」

「たしかに。われわれも後方から捜査に協力した。けれども、事件が解決したあとの捜査本部の見解では、事件と公安事案を結びつけるものなどなにもなかった」

児島は腰をうかしかけた。

だが、鹿取に腕をとられた。

「黙ってろ」

「でも……」

「須藤にまかせてればいいんだ」

鹿取の押し殺した声に、児島は激情をこらえた。

なおも須藤の質問はつづく。


黒のベンツが深夜の都心を走る。

首都高速道路に乗ってもスピードはさほどあがらない。

運転手が慎重になっているのだ。

「好きに走っていいぞ」

鹿取は、運転手に声をかけ、視線を横にふった。

となりにいるのは公安総務課の酒井正浩《さかいまさひろ》警部補である。

鹿取が公安刑事だったときに知り合い、いまは公安事案の情報源になっている。官僚射殺事件ではリスク覚悟で極秘情報を提供してくれた。

「公安部の動きはどうだ」

酒井が運転席に視線をやる。

運転しているのは三好組若頭補佐の松本裕二《まつもとゆうじ》である。組長の三好義人に車を借りたのだが、三好は運転手を、それも腹心の松本をつけたのだった。

「心配ない。こいつは耳を忘れてきたはずだ。聞けば、親分に殺される」

酒井が苦笑をうかべる。

「公安部は、極楽の道と日本極楽党の関与をうたぐってるのか」

「捜査中です」

「関与してるとすれば極楽の道の単独だよな」

「なぜですか」

「都議会の議席確保は極楽党の悲願……中央政界進出の足がかりになると考えてる。そんな選挙戦のさなかに、逆風がふくようなまねをやるはずがない」

「それは、極楽の道にもあてはまるでしょう」

「東京支部長は教団の政界進出に積極的ではなかったと聞いてる」

「それは日本極楽党が設立される以前の話です。いまは、自分の子飼いをせっせと極楽党に送り込んでる。もちろん、教団の実権を支配するために、極楽党を監視下に置くというもくろみもあるでしょうが、信者たちには全力をあげて立候補者たちを支援しろとはっぱをかけてるようです」

鹿取は、捜査会議のあとの児島の話を思いうかべた。

――いま手を打ってる最中だけど、この逆風、簡単じゃないわ――

――言えるわけないでしょ。党の命運を賭けた極秘作戦なのよ――

児島の妻の言葉が本音だとすれば、極楽の道の事件への関与は薄いだろう。

しかし、意図的に騒動をおこしてマスコミや世間に疑惑の眼をむけさせ、それを逆手に危機感をあおり、信者の団結力を高めるのは教団幹部の手法でもある。地下鉄毒ガス事件をおこしたカルト教団しかり、過去にそうした事例はいくつもある。

「被疑者の小川利次の情報をおしえろ」

「いまのところ、渋谷署がつかんでる情報と大差ありません」

「捜査本部はガラス張りってわけか」

「いつものことです」

「俺への監視は」

「強化されました。児島警部補も同様です」

「おまえは大丈夫か」

「心配してくださるのなら、あまり呼びださないでください」

「公安の連中の尾行をふりきるのは簡単だが、盗聴はこわい」

「鹿取さんは、今回の事件をどう読んでるのですか」

「用意周到に仕組まれた犯行だな」

「絵図を描いたのはだれです」

「わかるか」

「光心会と極楽の道……いずれかが関与してると」

「ほう」

鹿取は、じっと酒井を見つめた。

「公安部は光心会内部の犯行も視野に入れてるのか」

「可能性はゼロではありません」

「その根拠は」

「西原幹事長は光衆党の実力者ですが、光心会幹部らとの折り合いはよくなかった」

「官僚射殺事件でミソをつけたか」

「極秘裡とはいえ、警察の事情聴取を受けましたからね」

「大竹課長との仲は認めても、事件への関与は全面否定した。大竹も同様で、警視庁の幹部らは二人の言い分を認め、それらいっさいを闇に葬ったじゃねえか」

「しかし、光心会幹部のなかには情報の漏洩《ろうえい》を危惧《きぐ》する連中がいて、一時期、幹事長更迭の動きがあったそうです」

「その情報は当然、大竹にも入ってるよな」

「そう思います」

「大竹と西原の仲はどうなっていたんだ」

「わかりません。昨年の官僚射殺事件のあと、自分と仲間の数人で大竹課長の動きをさぐっていたのですが、だれも二人が接触した現場を目撃していません」

「縁が切れたとは思えん。大竹にとって西原は頼れる後ろ楯だった。大竹が執拗な訊問に耐えられたのも、光心会と西原の援護があったからだと、俺は考えてる」

「自分もおなじ考えです。しかし、二人は会わなかった。こんな事件がおきると、その理由を知りたくなりますね」

「うーん」

鹿取はあいまいに返して煙草を喫い、ひと息空けた。

「ところで、渋谷署地域課の玉井とかいう若造の捜査は進展してるのか」

「情報を持ち合わせていません」

「うそをつくな」

「ほんとうなんです。うちの課の連中が彼の身辺捜査をしてるとは思いますが、課長の、もっと上からの極秘指令なのか、自分の耳には入ってきません」

「警視庁のお偉方は、玉井と宗教との関連に神経をつかってるんだな。それが判明して、マスコミに露見すれば大騒動になる」

「ええ」

「なんとかならんのか」

「勘弁してください。その情報を元に鹿取さんが動けば、自分がうたがわれます」

「へまはせん。めぼしい情報をつかんだら、すぐにおしえろ」

「そんな、無茶な」

「俺はおまえの命の恩人だぜ」

「おかげで情報屋をやらされてます」

「不服か」

「前回の事件から生きた心地がしません」

「骨は拾ってやるさ」

酒井がため息をこぼした。

鹿取は、窓に視線をやった。

いつのまにか東京タワーは視界からそれ、前方にレインボーブリッジが見える。闇を渡る光の帯の、遠く先に横浜の夜景がある。

ホタルは光っているのか。

鹿取は、まんじりともせずにゆれる街の灯《ひ》を見つめた。


翌日の昼さがり、鹿取は、日本極楽党婦人部長の前原彩子《まえはらあやこ》を呼びだした。

彼女とはいつも赤坂のカラオケボックスで待ち合わせる。

三好組長の企業舎弟が経営する店で、二階奥の一室は三好のためにつくられた。欧風仕様の落ち着いた雰囲気の室内にはカウンターバーもある。

「歌っちゃおうかな」

彩子があかるく言った。

四か月前の、おびえた様子も、ふてぶてしい態度も、いまはなくなった。

かといって、鹿取との距離が縮まったわけでもない。

彩子の本質は悪女なのだ。悪女には順応性がある。天性の人たらしでもある。

そんな彩子にも弱点があった。かつてはひとり娘のアトピー障害に悩んでいた。そんな折、知人の紹介で極楽の道が主催するセミナーに参加し、たちまち宗教にはまった。東京支部長の原口博文《はらぐちひろふみ》に心の隙《すき》をつかれて不倫関係に陥り、ほどなく、原口から日本極楽党の内情をさぐるよう頼まれて日本極楽党婦人部長に推《お》された。極楽の道と日本極楽党は双子のようなものだが、一枚岩というわけではなく、ふたつの組織のあいだでは主導権をめぐる諍《いさか》いがおきているとの情報もある。

彩子の肉体を手に入れた者がもうひとりいる。

公安総務課の大竹課長である。大竹は、彩子と原口の関係を知って彩子をおどし、己の情報屋に仕立てた。彩子は、原口と大竹のスパイになった。その時点で、ぬきさしならないと観念した彩子はみずから大竹に体を提供した。どうせのがれられないのならすこしでも有利になる状況をつくろうと考えたのだ。

鹿取は、官僚射殺事件の捜査のさなかに彩子の存在を知り、彼女を拉致《らち》し、そうした経緯を白状させ、事件の解決に結びつけた。

彩子と原口の関係は続いているけれど、大竹は連絡をよこさなくなったという。警視庁上層部のきびしい訊問を受けたことで、己の行動には慎重になったと思える。

鹿取は、酒の用意をしてソファに移った。

となりの彩子はマイクをにぎったままだ。

「おまえは、歌うより男の耳元でささやくほうが得意じゃないのか」

「聞いてみる」

語尾がはねた。

「いつかな」

彩子が肩をすぼめ、グラスを手にとる。

水割りの半分が消えた。彩子は上戸で、酔わない体質らしい。

鹿取は、煙草を喫いつけてから視線を据えた。

「勝算はどうだ」

「えっ」

「選挙だよ。日本極楽党は、この日のために捨て銭を使ってきたんだろう」

日本極楽党は、去年の参議院選挙と衆議院選挙で多数の候補者を擁立したものの全員が落選したうえ、法定得票数におよばず約二十億円の供託金は国に没収された。選挙への準備や活動費にも億単位のカネを投入したといわれている。

「まあね。でも、目標はちいさいの。都で一議席、本部のある杉並区で一議席。党を設立した直後から信者や党員を杉並区に移転させてきたのでなんとかなるんじゃない」

彩子があっけらかんとした顔で言った。

話に聞く児島の妻とはかなり温度差があるようだ。

そんなものだろうとも思う。どんな組織でも踊らされるのは下っ端である。

「光衆党とは競合しないのか」

「浮動票の獲得では多少の影響があるかもしれないけど」

「極楽の道の東京支部は総動員をかけ、あの手この手の選挙戦をしてるとか」

「あたりまえよ。各地区の獲得票数がそのまま責任者の待遇につながるんだもの」

「信心よりも、票を獲《と》れってわけか」

「そういうこと」

「極秘作戦があるとも耳にした」

「なに、それ。だれに聞いたの」

「噂を拾うのも仕事のうちだ」

「あんなの、極秘作戦て言うのかしら。教団が寄付をした信者に授けてる極楽の石や極楽の水を、一票を投じた人にも進呈するって……あの石や水は信者でなければ効果を発揮しないのに。言っておくけど、党はいっさい関与してないわよ」

「選挙違反のうたがいをおそれてるのか」

「そう。権力はどんなことでも攻撃の材料にしようとする」

「どっちを……教団か、党か」

「党にきまってるわ。教団はつぶされない。憲法で護られてるからね」

彩子がグラスを空け、自分で水割りをつくる。

「おまえ、熱心な信者じゃなさそうだな」

「だって、いまは悩みがないもの」

「娘のアトピーは治ったのか」

「入信して三か月目だったかな。教祖様に娘の肌をさわっていただいて……」

「病院にかよってたんだろ」

彩子が眼をまるくし、すぐにカラカラと笑った。

「あなたもそこらの人とおんなじ発想なのね。教祖様のすごさを体感したことのない人たちは、薬が効いて治るころだったんだと……そうかもしれないけど、わたしは教祖様のおかげだと思ってる。だって、そのタイミングで教祖様にめぐりあえたのは、奇跡みたいなものよ。教祖様の仏力の賜物《たまもの》だわ」

「うらやましい」

「ばかにしてるんでしょう」

「してない。なにかを信じ込めるって、だれにでもできることじゃない」

「あなたはなにも信じないの」

「俺を信じて……いや、頼りにしてる」

「身内や友だちは」

「友は、いる。が、あてにはしてない」

「かわいそう」

「他人がどう言おうと、俺は楽しく生きてる。友の元気な姿を見るのも楽しみだ。それより、悩みもなくなったのにどうして信者でいる」

「わたしは、極楽の道の経典ではなくて、教祖様を信心してるの」

「それだけか」

「もうひとつ、野心もあるわ」

「日本極楽党から立候補して、国会議員になりたいのか」

「おしえない。他人に話せば願い事が遠のくそうよ」

「それも教祖のおしえか」

彩子が眼元に笑みを走らせた。

「ねえ、いつになったらわたしを自由にしてくれるの」

「利用価値があるうちはつき合ってもらう」

「それだけの理由なの」

「ん」

「女として魅力を感じないの」

「いい女だ」

「たまには口説いたら」

「それなら別れろ」

「原口のこと……それとも、亭主」

鹿取は視線をそらした。

教祖様と別れたらな。

そんな言葉がうかんだけれど、もちろん、口にはしない。

カラオケのマイクを手にした。

「せっかくだ。歌って帰るか」

「ついでだから聴いてあげる」

「ふん」

威勢のいい音が鳴りだした。中村美律子の『河内おとこ節』。大阪の東の端にある河内は神奈川県警の螢橋政嗣の故郷である。

鹿取が声を張りあげたとたん、彩子の美形がくずれた。


小料理屋の格子戸をあけ、外にでた。

春の夜風がゆるやかな勾配《こうばい》の路地を駆けおりる。

右手は赤坂の一ツ木《ひとつぎ》通だ。

そちらから二人連れの男たちが背をまるめるようにして近づいてくる。

鹿取も歩きだした。

三好義人がならびかける。背後に若頭補佐の松本がついた。

すれちがう寸前、二人連れのひとりが倒れこむように体をよせてきた。

つぎの瞬間、その男が吹っ飛んだ。

三好が体をぶつけたのだ。

「なにしやがる」

連れの男がすごんだ。

三好の背に隠れて男の顔は見えない。

「よろけただけじゃないか」

男の二の句には元気がなかった。三好が眼で威嚇したのか。

松本が地面に手をついた男に近づく。

「よせ」

鹿取の声に松本の動きが止まる。

「行きましょう」

ふりむいてそう言ったときの三好の顔はおだやかだった。

二人連れの靴音がちいさくなる。

松本が声を発した。

「あの野郎、ポケットになにか呑《の》んでましたよ」

それは鹿取も気づいた。

三好に突き飛ばされた男はジャンパーに手をつっこんでいた。よろけたときに男の右腕が動きかけたのはたしかだ。

三好が歩きながら訊く。

「ねらわれるおぼえがおありですか」

「なくもない」

「おひとりのときはうちの者を連れてください」

「おまえの大切な乾分《こぶん》の命を背負う根性はない」

「鹿取さんにもしものことがあればホタルさんに叱られます」

「あいつは、てめえのことで一杯一杯だろうよ」

「まだ連絡がとれないのですか」

「ああ。横浜の兄貴分もさがしてるんじゃねえのか」

「はい。しかし、噂も拾えないそうです」

神奈川県警の螢橋と関東誠和会若頭の黒田《くろだ》英雄《ひでお》は兄弟分の仲である。三好組を率いる三好義人は黒田の弟分で、黒田とおなじくらい螢橋を慕っている。

「くだらん女にひっかかってるのかもしれん。あいつは一本気なところがあるからな」

三好の返事はなかった。

「あんまり気をもむな」

「そうはいきません。なので、鹿取さんも気をつけてください」

「死ぬときは死ぬさ」

「むざむざと死んでもらってはこまります」

一ツ木通にでたところで、携帯電話がふるえた。

《いま、どこですか》

「赤坂。三好といる。くるか」

《三十分後に》

「おまえの女に、しっかり空気を入れといてやる」

《デートしたこともないのに……》

「たまには肉食の野獣になれ」

返事を待たずに携帯電話をたたんだ。

三好が話しかける。

「ほんとうにお手伝いすることはないのですね」

「ああ」

鹿取はそっけなく返した。

官僚射殺事件のさいは情報収集の面で三好の世話になった。捜査がおおきく進展するきっかけとなった赤坂のバーのママに会えたのも三好のおかげである。やくざ社会の情報網は警察組織のそれと遜色《そんしょく》なく、闇社会や政治・経済の裏事情に関する情報の収集はむしろ警察よりまさっている。宗教界もある意味において闇社会で、実際、教団にまつわる面倒事ではやくざ者が暗躍するケースも多々ある。

三好組は頼れる軍団ではあるけれど、今回にかぎってはあまりにリスクがおおきい。前回の事件で、公安部は鹿取と三好の連携を知った。警察庁の田中警視監から三好組に手をひかせるよう忠告されたほど、事態は緊迫していたのだ。

その三好組をふたたび動かせばどうなるか。へたをすれば三好組がつぶされる。上部団体の関東誠和会にも累がおよぶ。

「たまに車を借りるけどな」

「いつでもどうぞ。そのつもりで、自分はほかの車を調達しました」

「助かる」

「お願いですから、運転手だけは付けさせてください」

鹿取は、無言でクラブ・菫《すみれ》の扉を開いた。

着物の中年女が近づいてくる。ママの花子《はなこ》は、客やホステスたちの視線もはばからずに満面の笑みで片想いの三好をでむかえた。

見なれた光景である。

いつもの席に、いつもとおなじホステスが顔をそろえた。鹿取と三好のあいだに口の達者なミドリ、三好の脇に古参の美咲《みさき》、鹿取のそばには花子が座った。ゆったりしたコーナーボックスでも松本は三好と席をならべない。視界をひろくとれる位置で、入店四か月目の玲奈《れいな》のとなりに腰をおろした。

「ホタルさんは、まだおいそがしいの」

ママは来るたびにおなじ台詞を口にする。

ミドリが呼応した。

「あの人、柄が悪いけど、このなかにいないと妙にさみしいわよね」

「お名前はよく耳にするけど、どんな人なんですか」

玲奈の声には鹿取が反応した。

「体じゅうに毒を塗りたくってる」

「ええっ」

「ふれただけで指がくさるぞ」

「そんなこと言って……」

美咲がほほえみながら言い添える。

「ほんとうはさみしいんでしょ」

「さみしがってるのは三好だ。俺はせいせいしてる」

「そうかな」

「そうよ。俺は男より、女……それよりも、玲奈。要はどうだ。口説けそうか」

玲奈が首を左右にふる。

「メールしても返事がないんです」

「おまえ、本気で惚れてるんか」

玲奈の頬がほんのり染まった。

「そんなことでは水屋のプロになれんぞ。初心な要をたらしこめ」

「ひどいわね」

ミドリがおおげさにののしった。

「うるせえ。おい、玲奈。なんなら俺が練習相手になってやるぞ」

「でた、本音。鹿取さん、自分が玲奈を口説きたいんでしょう」

ミドリの茶々入れがつづく。

これもいつもの展開で、鹿取が女たちと丁々発止のやりとりをしているあいだ、三好は合いの手もほどほどに、ニコニコと酒を飲んでいる。

「席についた女はだれでも口説く。それが礼儀というもんだ」

「わたしは口説かれたことないわよ」

「例外もある。俺は、うるさい女が嫌いなんだ」

「二人のときはおとなしいかも……」

ミドリがしなだれかかる。

同時に、松本が席を立った。手の携帯電話が点滅している。もどって来たときの顔は強張《こわば》っていた。

すかさず、三好が女たちに、しばしの退席を命じた。

「どうした」

「片岡《かたおか》の事務所がガサ入れされました」

三好組幹部の片岡康夫《やすお》の事務所は新橋にあり、新橋・銀座界隈《かいわい》を縄張りとする。

「なんの容疑だ」

「白タクと客引きです」

夜の銀座は八十年代バブル期の条例がいまも継続していて、午後九時から深夜一時まで指定の乗場以外でのタクシー乗車が禁止されている。客の足の不便を解消するため白タク業者と契約する飲食店が増えた。白タク業者が複数の飲食店と契約し、従業員を相乗りで自宅まで送るシステムもある。

白タク業者とともに急増したのが客引きで、彼らもまた複数の飲食店と契約しており、それらの店に客を斡旋《あっせん》して利益を得ている。

いずれもリーマンショック以来の長引く不況の産物である。

片岡は、銀座で商売する白タク業者や客引きを束ね、飲食店との契約を代行し、業者と客や従業員とのトラブル仲裁などを名分に手数料をとっているそうだ。

所轄する築地署には、まっとうな商売をする飲食店からの苦情が殺到していた。

三好が視線を鹿取にむける。

「本気で銀座を浄化する気でしょうか」

「みせしめだな」

「だれへの」

「俺に決まってる」

一瞬にして、三好の眼光がとがった。

「心配するな。今回は警告どまりだ」

「つまり、警察の上の人たちは、鹿取さんと自分との仲をけむたがってる」

「否定はせんが、その程度のことよ。いま俺がかかえてる事案でまた手を組むようであれば容赦しない……そういう警告だな」

「警告であれ、挑発であれ、売られた喧嘩は買います」

「やめとけ。喧嘩の相手はおまえじゃない。この俺だ」

「それなら助っ人で」

鹿取は説得するのをあきらめた。

言えば言うほど、三好は退かない。

三好がなにか言いかけるのを手のひらで制し、女たちを呼んだ。

元の風景にもどってほどなく、児島がやってきた。

鹿取は、児島の笑顔を見て、ふっきれたと感じた。

ふっきれるなにかがあったのか。

その疑念がめばえたけれど、酒場で野暮な話はしない。たったいま三好の本気を無視したところでそんな話をすれば、それこそ収拾がつかなくなる。

鹿取は、児島に声をかけた。

「おい、要。今夜は玲奈をさらえ。本人の了解はとった」

玲奈の瞳が固まった。

それを見て、美咲とミドリがおもしろそうに笑う。

児島は表情ひとつ変えなかった。

三好が児島を見つめる。

さきほどの怒気は影をひそめ、心配そうなまなざしになっていた。

第二章

目黒区青葉台一丁目でバスを降りて目黒川の橋を渡るまでの二、三分のあいだに尾行者が二人増えて三人になった。

右に折れ、左に曲がった先の路地角には濃紺のセダンが停《と》まっていた。なんの変哲もない車だが、鹿取には警察車輛《しゃりょう》とわかる。

それでも、ためらいや不安はめばえなかった。

公安刑事の仕事は熟知している。鹿取がどんな行動にでようと、連中は接近しない。監視対象者に危険が迫れば行動をおこすかもしれないけれど、それもきわめて稀《まれ》である。情報収集と監視を主任務とする公安刑事は、対象者に面がわれるのをきらう。元同僚の鹿取には遠慮しなくても、対象者に己の存在を知られたくない。

連中の監視対象者は鹿取ではなく、鹿取の前を歩く女なのだ。

谷村宣子《たにむらのりこ》というその女は西東京信用金庫の恵比寿《えびす》支店に勤務している。二十七歳の独身だが、おとなしい性格で人づき合いがすくなく、同僚らと遊ぶこともめったにない。休日は社員寮の自室にこもることが多いらしい。

きょうの昼すぎに、公安総務課の酒井警部補から宣子に関する情報が届いた。

公安部が宣子を監視するようになったのは西原射殺事件の直後からという。ただし、宣子が事件の関係者というわけではなく、公安事案にかかわっているという事実をつかんだわけでもない。宣子は以前、渋谷署地域課の玉井治とつき合っていた。その一点で、公安部は彼女を監視しはじめたようだ。

そんな情報に接した鹿取は即座に決断し、退社時刻前に社員通用口で張り込んだ。そこにも公安刑事とおぼしき男がいたけれど、想定内のことであった。

宣子が歩きながらバッグのなかをさぐる。

鹿取は足を速めた。

うしろの靴音は変わらない。セダンのドアも開かなかった。

社員寮の玄関前で宣子に身をよせた。

「谷村宣子さんだね」

「えっ」

宣子が後じさる。細面にさっと青みがさした。

鹿取は、警察手帳を見せた。

「捜査一課の鹿取。あんたに訊《き》きたいことがある」

「捜査一課……」

「殺人事件を担当してる。わかるよな」

宣子がぶるぶると顔をふる。

「人の眼もあるだろうから、あんたの部屋で話そう。それとも、渋谷署に行くか」

「いやです」

「では、案内してくれ」

宣子がため息をつき、キーをにぎった。

八畳の洋間はきれいに整理されているが、なんとなくさみしく感じた。シングルベッドにサイドボードとテレビ。中央のテーブルの上にはラップトップのパソコンがある。壁に勤務先のカレンダーが掛かっているだけで、およそ若い女の部屋らしくない。

宣子がお茶を運んできて、テーブルのむこうに座った。

鹿取は、さっそく質問をはじめた。

「日曜日に渋谷のハチ公広場でおきた事件は知ってるな」

「政治家が殺された、あれですね」

「犯人も警察官に撃ち殺された」

「ええ。テレビのニュースで知りました」

「あの警察官はよく知ってるよな」

「えっ」

「渋谷署地域課の玉井治、あんたの彼氏じゃないか」

「ちがいます」

宣子が頭をふる。

「あの人とは別れました」

「いつ」

「去年の暮れから会っていません。電話もメールも」

「どうして別れた」

「あの人、気に入らないことがあるとすぐに暴力をふるうの」

「ドメスティック・バイオレンスとかいうやつか」

「機嫌のいいときは猫のようにおとなしく、やさしかったけど……」

「よく別れられたな」

「えっ」

「あのタイプはしつこいと聞いてる」

「何度も話し合ったんです」

「その程度であきらめるとは思えん」

「でも、ほんとうなんです。俺が忘れるまで男はつくるなと言われましたが」

宣子が薄く笑った。

「だれかに相談したのか」

「いいえ。悩みをうちあける友だちはいないし、両親には心配かけられなくて」

「玉井とはいつ、どこで知り合った」

「一年前に、出会い系サイトで……部署も本名もあかしてなかったけど、現職の警察官っていうのに安心して……おなじ長野出身だったこともあって」

「あんたは美人なんだ。いくらでも言い寄ってくる男はいるだろうよ」

まんざらうそでもない。

表情は暗いが、美形である。はやりの化粧をして、髪型の雰囲気を変えれば、すれちがう男どもはふり返るにちがいない。

「そんなこと……」

宣子がうつむく。

鹿取には、隠れていた色気がにじみでたように見えた。

「玉井の話にもどすが、やつの趣味とか癖とか、おしえてくれないか」

「モバゲーをやるくらいで、これといって趣味はありませんでした」

「宗教はどうだ」

「えっ。宗教って、なんですか」

三回目の「えっ」だが、前の二回とはあきらかに声音がちがった。

鹿取は、五分ほどさしさわりのない話をして、腰をあげた。

「おまえ、だれを狙《ねら》ってるんだ」

「はあ」

「とぼけるな」

警視庁捜査一課の坂上真也課長がこめかみに青筋を走らせた。

朝の捜査会議が終了したあと坂上に手招きされ、渋谷署の署長室に連れ込まれた。主《あるじ》は不在なので、承諾を得て使用しているのだろう。

「公安部を刺激するようなまねをしてるそうだな」

「苦情があったのですか」

「苦情どころじゃない。きのうの夜、公安部長から直々に電話があって、三係をはずさなければ、捜査に協力できないと釘《くぎ》を刺された。そこまで公安部が激怒する理由は鹿取、おまえしか考えられん」

「課長へのいやがらせかもしれません。官僚射殺事件では、公安部に相談せずに公安事案に捜査の的をしぼったことで、連中の反感を買ったのは事実です」

「それは認めるが、今回の怒りの矛先がおまえなのはあきらかだ」

「わかりましたよ。で、課長は俺を説得するために……」

「なめるな」

坂上が声を荒らげた。

鹿取は動じない。茶をすすり、坂上を見据えた。

「あのときはおどろきましたよ。正直、やるなと思った」

「お世辞はいらん」

「でも、はでにアドバルーンをあげたわりには、結果がお粗末だった」

「あれは仕方がなかった。なにしろ、被疑者の吉川警部補をおまえが撃ち殺したからな。被疑者本人の供述を得られなかったばかりか、被疑者との接触を認めた二人……公安総務課の大竹課長と光衆党の西原幹事長は、口裏を合わせたかのように射殺事件への関与を全面否定した。あれ以上、訊問《じんもん》を続けても進展しなかっただろうし、むりをとおせば、公安部と光衆党が表に裏に圧力をかけてきたと思う」

鹿取は真顔でうなずいた。

事件の核心に迫っていた鹿取でさえ、物証はなにひとつ得ていなかったのだ。

「今回もやる気なのですか」

「あたりまえだ。いつまでも公安部に苦汁をなめさせられてたまるか」

「自分への抗議はどうするんです」

「はねつける。虫の好かないやつだが、一応、俺の部下だ。おまえが公安部の神経を逆なですような行動をとっていても、刑事部としての意地がある。公安部に指図されるいわれはない。その点では、此川部長もおなじ考えだ」

「心強いかぎりです」

「ただし、今回にかぎっては、おまえの単独捜査はゆるさん。どう動こうと勝手だが、行動内容は俺に報告しろ。それが絶対条件だ」

「約束する前に、ひとつ質問に応《こた》えてください」

「なんだ」

「玉井巡査部長の事情聴取の内容をおしえてもらいたい」

「それは言えん」

「なぜです」

「玉井の件は、捜査本部と切り離す。それが警視庁上層部の判断だ」

「やつが光心会の隠れ信者としてもですか」

「なにっ」

坂上が頬《ほお》をひきつらせた。

「おまえ、確証があってものを言ってるんだろうな」

「マスコミのなかにはそう読んで取材をしてる連中がいます」

「好きにさせとくさ」

「その事実をつかんでも、お偉方は闇に葬る自信が、いや、覚悟ができてる」

「知ったことか。俺の任務は事件の全容をあきらかにすることだ」

「無茶をすると、閑職に飛ばされますよ」

「組織のなかで飼い殺しにされてるおまえに心配されたくない」

「そこまでご存知なのに、自分を護《まも》ると」

「何度も言わせるな。外敵から部下を護るのは上司のつとめだ」

「わかりました」

鹿取は毅然《きぜん》と応えた。

「自分は、玉井の身辺を洗っています」

「その理由は……捜査本部の事案との接点はあるんだろうな」

「まったくの無関係とは思えません」

「そんなことはわれわれ捜査本部の幹部らの頭のなかにもある。俺が訊いてるのは、西原射殺事件との関連性だ。偶発的な出来事なのか、そうではないのか」

「官僚射殺事件もふくめ、一本の糸でつながってる。それが俺の推測です」

「推測だと……おまえを護る気概がうすれてきた」

坂上がソファに背を預け、嘆息をもらした。

鹿取は、逆に、身をのりだした。

「玉井への訊問のウラ取りも刑事部の者がやってるのでしょうね」

「ああ。具体的には言えんが、少数精鋭で動いてる」

「星野理事官やうちの係長は、まだ訊問に立ち会ってるのですか」

「つきっきりだ。情報管理を徹底したいからな」

「自分の情報が公安部にもれることはないでしょうね」

「おい」

坂上がソファから背を離した。

「おまえを護ってやるこの俺を信用できんのか」

「残念ながら……警察組織そのものを信用していません」

「あわれなやつよ。まあ、同情の余地はあるが」

「そんなもの、捨ててください。とにかく、約束は守ります」

「いいだろう。有力な情報を拾ったときは直接、俺の携帯電話にかけろ」

鹿取はちいさくうなずいた。うなずきながら、田中警視監の言葉を思いうかべた。

――簡単じゃないか。そもそも刑事部も公安部も、幹部連中は君の存在をけむたがっている。だまりこくっているほうが、連中は神経をとがらせる――

坂上との連携は田中の命令に反する。

その思いに蓋をしたのも田中の言葉である。

——君は人にめぐまれている。警察上層部の九割九分を敵にまわしているかもしれんが、いつもそばに人がいる。以前、君は、いざとなれば仲間も友も見捨てるとうそぶいたが、そうほざける君はしあわせ者だ——

鹿取は、その言葉を胸の底に沈めている。

「課長」

「なんだ」

「自分の推測がはずれていたり、へまをしでかしたときはばっさり斬《き》ってもらってかまいません。けど、児島要は護ってください。頼みます」

鹿取は、深々と頭をさげた。

公安部にいたころもふくめて、上司につむじを見せるのは初めてであった。

すっかり居心地のいい空間になってしまった。

白のポロシャツにアイボリーのコットンパンツ。きょうも三好義人はさわやかな身なりで応接室のソファに座っている。

右に若頭補佐の松本裕二、左には顧問弁護士の麦田《むぎた》浩四郎《こうしろう》が控える。

鹿取は、三好の正面で胡座《あぐら》をかき、お茶代わりのビールを飲んだ。

昼間でも、朝っぱらでも、三好組事務所を訪ねれば、まずは酒でもてなされる。

いつも、事務所にはいかつい面相の乾分《こぶん》四、五人が壁を背に突っ立っているのだが、それも公園の木立のように思えてきた。

三好が、座ったばかりの麦田に視線をむけた。

麦田がほほえんで応える。ひと仕事おえた顔だ。四十四歳と法曹界では若手の弁護士だが、やさしそうな顔からは想像できないほど鼻っ柱が強く、負けず嫌いで、仕事の腕前は折り紙つきだ。三好によれば、上場企業や財団などから顧問の依頼があるそうだが、麦田は暴力団の顧問をしているのを理由にことわり続けているらしい。

——うちの弁護士先生はオヤジにぞっこんなんですよ——

いつだったか、松本がうれしそうに言ったのをおぼえている。

麦田がひとつ咳払《せきばら》いをして、口をひらいた。

「不起訴で話をつけてきたよ」

麦田は雇主の三好にも、ライバル稼業の鹿取にも対等にものを言う。

「片岡の若衆もか」

三好の問いに、麦田がうなずく。

「もちろん。築地署は当初、片岡組の幹部……銀座の白タク業者を束ねる二人をパクるつもりでいたが、道路運送法違反や風俗営業法違反で実刑にできるだけのウラがとれないと判断したようだ。どうせ、ろくに内偵捜査もせずに踏み込んだのだろう」

「つまり、動かざるをえなかった」

「乗客の訴えがあったらしい。深夜に声をかけられた白タク運転手に遠回りされたあげく約束の倍の料金を請求され、それを拒んだら暴力団の存在をちらつかされたと」

「片岡組の名がでたのか」

「いや。訴えられた白タク業者はカネのやりとりを素直に認めたものの、客とのトラブルや暴力団云々《うんぬん》に関しては容疑を否認してる」

「ほっとけ」

　鹿取は、ぞんざいに口をはさんだ。

「その手の苦情は日常茶飯事だ。銀座だけじゃない。新宿、六本木、池袋……それぞれの所轄署ばかりか、かつて迷惑禁止条例を施行して客引きや白タクの一掃を図った東京都にも苦情がよせられてる。俺が気になるのはガサ入れのタイミングだな」

「やはり、鹿取さんと自分への警告ですか」

　三好が眉《まゆ》をひそめた。

「おまえは入れるな」

「片岡は自分の身内です」

「俺がおまえと連携しなければ、なんの問題もない」

　鹿取は、麦田に視線を移した。

「どこからか圧力がかかった雰囲気はないか」

「具体的に言ってくれよ」

「警察上層部か、光衆党」

「光衆党の動きは気になっていまも調査中だが、あそこはどこかの国の政府とちがって、情報管理が行き届いてる」

「なんとかならんか」

麦田が低くうなり、たいそうに腕を組んだ。

容易に猿芝居と見破っても、黙って待つしかない。

三好も苦笑をうかべて茶をすする。

麦田がようやく腕をほどいた。

「リスクがおおきくて……」

「もったいつけるな」

三好が誘い水をうった。

「三好組の顧問をやる以上のリスクがあるのか」

「そりゃそうだ」

麦田がひろい額に指先をあてる。

「よし、わかった。築地署の署長を赤坂の料亭に連れだそう。やつは東大のゼミの後輩でな、多少の面識がある」

「端《はな》からその手を使えば……」

松本の不満の口ぶりに、麦田が鋭く反応した。

「奥の手はそうそう使うもんじゃない。それに、苦労知らずの警察官僚てのはずるいやつが多くてな、危険なにおいを察すると、尻尾《しっぽ》をまいて安全な場所に逃げ込む」

「先生のことだ。どうせ鼻薬を効かせてるんでしょうが」

「まあな」

「それなら、すばやくお願いします」

「おう。芸者を四、五人用意するが、そっちでがっさい面倒みてくれ」

「いつものことじゃありませんか」

松本があきれ顔で言った。

麦田はカッカッと声を立て笑った。

ひと呼吸おき、三好が口をひらいた。

「鹿取さん。おとといの夜の二人連れですが」

「ん」

鹿取は、むりに怪訝《けげん》な顔を見せた。

その話がでるとは予測していた。

赤坂の小料理屋をでたところで二人連れの男とトラブルになりかけた。

あのとき、鹿取のうしろで松本が携帯電話を使っていた。

三好は地場を大切にするやくざ者だ。住みなれた横浜を飛びだして縁もゆかりもない赤坂に事務所を構えた三好はことさらに神経をつかい、地場の商店、飲食店の安全を守るために二十四時間態勢で乾分を巡回させている。

おそらく松本は、夜回り当番の者になんらかの指令を飛ばしたにちがいなかった。

けれども、鹿取は知らぬふりをとおした。

三好組の稼業や島内のことに口をはさむ気はない。己の身にふりかかる災事になったかもしれないけれど、三好の機転のおかげで何事もなく済んだ。よろけた男のジャンパーのポケットの中身を見たわけでもない。

「ぶつかってきた男は麻薬の売人でした」

「連れは」

「大場《おおば》友之《ともゆき》……ご存知なのではありませんか」

鹿取は、三好の顔をじっと見た。

三好も見つめ返してきた。

三好は自分の経歴を知っている。

その勘がようやく確信になった。

鹿取は、己の経歴をだれにも話したことがない。鹿取の過去の一部を知る児島にさえそうである。公安刑事の螢橋政嗣がしゃべったとも思えない。おそらく三好は、さまざまなつてを使って鹿取のあれこれを調べたのだ。それはたぶん、深い絆《きずな》で結ばれる螢橋を思ってのことだったにちがいない。

鹿取は表情をゆるめた。

「おまえの体に隠れてちらっとしか見えなかったからな。そうか、野郎だったのか。十数年前はたしか、野原《のはら》組の親分のボディガードをしてたよな」

「いまはてめえで一家を構えています。二十人たらずのちっぽけな組ですが、いまどきめずらしい武闘派で、野原組の汚れ仕事を一手に引き受けてるようです」

「親分の野原達三《たつぞう》は……」

鹿取は語尾を沈め、記憶の一片をひっぱりだした。

かれこれ二十年あまりになるか。鹿取がまだ新米の公安刑事だったころだ。

宗教法人・光心会は宗派対立でよその教団とはげしく衝突していた。裁判沙汰《ざた》になるほどの係争で、マスコミもはでに報じたのだが、権力闘争ともいえるその実態があきらかになることはなかった。ふたつの教団は、裁判の裏側で暴力団抗争まがいの衝突をくり返していた。いや、あらやる手段を講じての陰湿きわまりない衝突は、暴力団抗争とは異質の醜いものであったと記憶している。

光心会の二代目教祖、永峰正顕《ながみねしょうけん》の依頼を受けて暗躍したのが野原達三だった。

警視庁公安部はそれらの大部分を把握していたけれど、最後まで手をだせなかった。

永田町の圧力が強すぎた。光心会と一心同体の光衆党はもちろんのこと、係争相手の教団に支援される当時の与党・民和党も警察の宗教介入に難色を示したのだ。

警視庁刑事部もそれなりの情報を入手していたが、動けなかった。一件の被害届もなかったのが捜査断念の要因とされている。

醜い争いのさなかに負傷者がでようとも、警察の介入は絶対に許さない。

その一点ではふたつの教団の認識は合致していた。

あのころから警察組織への不信と職務への嫌悪がめばえだしたのかもしれない。

けれど、自分はまだ警察官として生きている。

――君は人にめぐまれている。警察上層部の九割九分を敵にまわしているかもしれんが、いつもそばに人がいる。以前、君は、いざとなれば仲間も友も見捨てるとうそぶいたが、そうほざける君はしあわせ者だ――

また、田中警視監の言葉がよみがえった。

仲間か。

胸にうかんだその言葉を三好が消した。

「つながっています。光心会の汚れ仕事をやってるのかどうかはわかりませんが、野原の親分と永峰教祖との仲はいまも親密で、先月の初めには、野原の親分が大場を伴って教祖の自宅を訪ね、誕生日を祝ったそうです」

「永峰は糖尿病が悪化してるんじゃないのか」

「そのようです。もう八十三歳なので自宅と病院を往復してるのでしょう」

「おまえ……」

眼《め》と声ですごんだものの、すぐにあきらめた。

どうおどしても三好の澄んだ瞳《ひとみ》に吸い込まれてしまう。

三好がメモ用紙をテーブルにおいた。

「これは大場の携帯電話の番号です。本人の名義ではありませんが」

発着信の履歴は自分で調べろってか。

鹿取は、その言葉を咽元《のどもと》にとどめた。

三好が己の立ち位置をわきまえているだけでも余分な神経はつかわなくて済む。

とはいっても、やはり気分は重くなった。

三好は今回も協力する覚悟を決めたようだ。

その意志をくつがえすのは至難の業である。

孤独な捜査に徹する公安刑事の螢橋でさえ、三好の覚悟をおさえられなかった。螢橋の任務に協力した三好は、北朝鮮工作員との銃撃戦で、二年半の実刑判決を受けた。当時は警察庁第一公安課長の田中の根回しと超法規的な政治判断がなければ、殺人罪で長い刑務所暮らしになったはずである。

　自分と三好の関係は螢橋と三好のそれと比べようもなく浅く、だからなおのこと三好の器量には頭がさがるばかりだが、その一方で、己のあまえ体質を痛感させられる。

　鹿取は、忸怩《じくじ》たる思いをひた隠し、ふたたび眼に力をこめた。

「おまえ、なにをやる気だ」

「なにも……ただ、鹿取さんの要請に応えられるよう準備はしておきますが」

「先だっても言っただろう。三好組は公安部にマークされてる。刑事部の捜査事案で公安部が直接行動にでることはないが、おまえらがめだつ動きをすれば、刑事部に情報を提供し、おまえの身柄を押さえにでるかもしれん」

「それは時の運が決めることです。もちろん、そうならないよう乾分らにはどんな些細《ささい》な騒動もおこさないよう通達してあります」

　現在の暴力団対策法と組織犯罪対策法では、暴力団組織の末端のいかなる犯罪でも組織のトップにまでその累がおよぶと記されている。

「通達はいつだした」

「去年の暮れです。鹿取さんからホタルさんの消息不明を聴かされた直後に……ホタルさんの勝負処《どころ》で自分が娑婆《しゃば》にいなければ、黒田の兄貴に殴り殺されます」

三好がたのしそうに笑った。

鹿取はあきれ顔を見せた。

そうするしかないのもいつものことである。


小川利次の身辺捜査は難航していた。

被疑者が死亡した場合の聴き込み捜査は証言者の口がかるくなることもあって容易に進むのだが、今回は有力な証言をまったく得られない。

無口で、無表情で、人づき合いが悪い。それが職場の同僚たちの一致した証言で、彼らは小川の日常生活も交際範囲もほとんど知らなかった。アパートの住民たちも同様で、唯一の血縁者の姉にいたっては、小川が高校を卒業して以来一度も会ってなく、電話もメールもよこさない、と迷惑口調で言う始末だった。

アパートの家宅捜索でも人的交流を示す物証は見つからず、携帯電話のアドレス帳にはひとりの登録もされていなかった。自室のノートパソコンにも登録がなく、意味不明のつぶやきがツイッターに残っていただけである。

捜査会議での報告はいつも異口同音で、時間が無為にすぎている。

凶悪犯罪に走る若者の多くに見られる傾向ではあるけれど、それにしても、小川は生きた幽霊としか思えないほど存在感が薄かった。

人づき合いがないので、当然のごとく、拳銃《けんじゅう》の入手経路もつかめないでいる。

渋谷の犯行現場周辺の聴き込み捜査も似たようなもので、スクランブル交差点付近とJR山手線の高架下で小川らしき人物を見たという複数の証言を得られたものの、人相や風《ふう》体《てい》が必ずしも一致したわけではなく、彼の行動についての証言は皆無にひとしい。

それでも児島要は、連日、勤務先の町工場とアパートの周辺で聴き込んでいる。

ほかにやることがないのも理由のひとつだが、鹿取の言葉が体を動かした。

——おまえは、捜査方針どおり、被疑者の敷鑑捜査にあたれ……やつの親族、交友関係者にどこかの信者はいないかどうか……その一点にしぼれ——

鹿取の指示はいつも的確だ。

それを、星野のひと言が後押ししている。

——前言をあらためる。君と鹿取の活躍に期待する——

いつ監察官室に呼びだされてもおかしくない状況のなかで、無闇《むやみ》に動き回るのは時間のむだであり、鹿取が言うように自分が公安部の監視下にあるのであれば、なおさら行動には慎重にならざるをえない。

児島は周辺に視線をめぐらせた。

ようやく有力な情報を得てから小一時間がすぎている。

そのあいだ、はやる気持ちをなだめてカモフラージュの聴き込みを続行した。コーヒーショップで尾行者の有無を確認し、さらに、パチンコ店に入るや脱兎《だっと》のような足で裏口をぬけ、目的の場所に近づいたのだった。

ちいさな雑居ビルの袖《そで》看板を見た。

三階に、リーチ麻雀《マージャン》店・一発の文字がある。

勤務先の町工場とは歩いて五、六分の距離だ。

――その雀荘に、たぶん小川さんだと思うけど、入るのを見た――

小川がときどき行っていた蕎麦《そば》屋の店員は自信なさそうに言った。

それでも、捜査本部設置から五日目にしての初収穫に血が騒いだ。

四階建ての古いビルにエレベータはなく、階段を駆けのぼった。
七、八坪のフロアに麻雀卓が四つ、手前に二人掛けのソファ、奥にカウンターという店の壁には色とりどりの紙が貼《は》ってある。軽食とドリンク類のメニューを記した紙以外は、麻雀をやらない児島にはちんぷんかんぷんの文字ばかりだ。
四人の男が麻雀卓を囲んでいる。ほかに二人。ひとりは白ワイシャツに蝶《ちょう》ネクタイ姿の男がプレイ中の麻雀卓のそばに立ち、もうひとりはソファで漫画本を読んでいた。

「いらっしゃいませ」

蝶ネクタイの若者が声を発した。

児島は、彼に警察手帳を見せた。

「警視庁の児島といいます」

一瞬にして、若者の顔が硬くなった。

プレイ中の四人が一斉に視線をむけ、なかにはすぐうつむく者もいた。

賭《か》けるレートはともかく、賭博《とばく》行為をやっているうしろめたさがあるのだろう。

「こちらへ」

若者が客を気づかうように、鹿取を入口近くの麻雀卓に導いた。

漫画本を読んでいた男が、またくる、と言い残して立ち去った。

児島は、稼働している麻雀卓をちらっと見て、若者に話しかけた。

「ここのレートは」

「千点五十円です」

千点五十円は、持ち点の三万点をすべてなくして千五百円という意味で、リーチ麻雀店のなかでは低いレートの部類に入る。

賭け麻雀は法律で禁止されているが、警察は賭金の上限を設けてリーチ麻雀店の営業を黙認している。リーチ麻雀店とはひとりで来店してもほかの客や店員を相手にプレイできる雀荘のことで、都市部を中心に定着している。取り締まりの目安となる賭金は一ゲーム一万円といわれているが、ゲーム方法などによって黙認の限度額は異なる。深夜の営業や経営者が暴力団関係者の場合は、レートに関係なく、取り締まりの対象となる。

「客筋はどう」

「ほとんどはこの近所に住んでおられる方々です。夕方以降になると、町工場で働いてる方々も終電近くまで遊ばれますが……」

若者が語尾を沈めた。

おそらく、日付が変わっても営業しているのだ。そうでなければリーチ麻雀店は利益があがらないので、よほどのことがないかぎり、所轄署は動かないと聞いている。

「心配ないよ。担当がちがう」

児島は笑顔を見せ、一枚の写真を手にした。

「ところで、この人、知ってるかな」

「えっ、ええ……」

若者の表情がくもった。しかし、予期していたのか、意外そうな雰囲気はない。

「お客さんだよね」

「はい。といっても、ひと月に一回こられるかどうか……新聞に載っていた写真を見て小川さんかとも思ったのですが……」

「言訳はいらない。客商売してるんだからね。善意で通報したせいでマスコミの連中が殺到し、お店がつぶれたという話を聞いたこともある」

若者が安堵《あんど》の息をついた。

「どんな感じだった」

「無口で、おとなしい人でした」

「麻雀て、その人の性格がでるらしいね」

「でると思います。小川さんは勝ったり負けたりの波がはげしくて、見かけとはちがうなって感じたのをおぼえています」

「カッとなったりもしてたの」

「そう見えるときもあったけど、文句や愚痴をこぼすことはなくて、気が乗らないときは短い時間で帰ることもありました」

「それって、矛盾してないか」

「えっ」

「勝ち負けの波が激しいのに、冷静な行動をとる」

「打ちなれてるんでしょう」

若者が初めて表情をゆるめた。どうやら、麻雀には一家言を持っているようだ。

「小川さんは、ここがオープンしたおととしの夏からのお客さんですが、トータルでは負けてないと思います。見切り時がいいんですよ」

「見切り時……つまり、やめるタイミングってこと」

「ええ。勝負事には流れがありますから……勝っていても、負けていても、やめる見切り時をまちがえない人が生き残るんです」

「へえっ」

児島は素直におどろいた。

「死んじゃう人もいるんだ」

「ほんとうに死ぬかどうかは別として、うちみたいに低いレートでも負けがかさめばこられなくなる人もいますよ」

「君、いくつ」

「二十四です」

若者がそう言ってから、思いだしたように名刺をさしだした。

店名のあとに、専属プロ　山口武夫《やまぐちたけお》　とある。

「専属プロ……」

「はい。全日本プロ麻雀協会に所属しています。ぼくみたいな若手は競技の賞金だけでは飯が食えないので、リーチ麻雀店の専属になってるの、けっこう多いんです」

気弱そうに見える若者の眼が熱をおびた。

話が脇にそれそうになって、児島はあわてて声をかけた。

「さっき、オープン当初からの客だと言ったけど、店に来たきっかけはなにかな」

「そこまでは知りません」

「ここの客で彼と親しくしてた人は」

「いないと思います。ほかの常連のお客さんともあまり話をしませんでした」

「プレイ中に電話やメールをするとか」

「そんなの、見たことありません」

「打ちなれてるって言ったよね。つまり、ここへくる前からやってた」

「そう思います」

「最後にもうひとつ、ここのオーナーはどんな人かな」

「普通の人ですよ。系列店を四つ持っていて……どの店にもプロがいます」

言いおわる前に、若者を呼ぶ声がした。

児島は、任務への執着を絶ち、ドアにむかった。

四人の客にも話を聴きたいけれど、プレイを中断させるのは気がとがめる。


「児島警部補」

駅にむかって歩きかけたところで名前を呼ばれた。

黒いパンツスーツの立山加奈子が近づいてくる。

「立山だったかな。ここでなにをしてる」

「仕事です。当然じゃないですか」

「つっかかるな。相棒が見あたらないので訊いたんだ」

捜査は二人一組で行なうのが慣例である。基本的には、警視庁から出動した捜査一課の刑事と所轄署の刑事がコンビを組む。捜査本部の陣容がおおきくなれば警視庁からの出動組の数にかぎりがあるので、所轄署の者どうしが連携することもある。

強行犯三係は例外中の例外で、警部補と巡査部長で三組のコンビを形成している。所轄署に設置された捜査本部の幹部連中がそれを容認するのには理由がある。強行犯三係の警部補の三人はそれぞれ単独捜査、別線捜査を得意としており、捜査一課のなかでの犯人検挙率はずばぬけているからだ。

内規違反にはちがいないのだが、だからといって、強行犯三係の面々をバラバラにしてしまえば、犯人検挙率がさがる可能性もあり、三係のだれかとコンビを組んだ連中が児島や鹿取の捜査手法をまねしないともかぎらない。

幹部連中は、苦々しく思いながらも三係のわがままを容認しているのだ。

「効率よくするために、駅前で二手にわかれました。というのは相手の口実で、自分と一緒に行動するのがいやなのだと思います」

立山が不服そうな顔で言った。

かわいた風が吹き、肩にかかるストレートヘアがゆれた。

きれいな額がのぞいた。切れ長の眼と小ぶりの唇の形がいい。

俺ならおまえと手をつないで歩く。

ふと、鹿取ならそう言うだろうな、と思った。

立山が言葉をたした。

「お時間、ありますか」

「どうして」

「あの麻雀店からでてこられたのですよね」

立山が雑居ビルの袖看板を指さした。

「それがどうした」

「自分もなかに入ろうとして、児島警部補を見かけました」

どうしてあの店に。

その問いは舌先にからめた。

ひとりで行って聴き込みをしろよ、とも言えない。

ようやくつかんだ有力情報なのだ。それに、あの雀荘に関しては調べたいことがある。

それを邪魔されたくない気持ちが強い。

児島は、立山を連れて近くの喫茶店に入った。

午後三時のせいか、五つのテーブル席にはだれもいなかった。

コーヒーを注文したあと、立山が視線を合わせた。

「児島警部補はどうしてあの店を知ったのですか」

「君のほうから応えろよ」

「駅前の靴屋のご主人が、あの麻雀店で被疑者を見たことがあると」

「あの商店街は数日前からしらみつぶしに聴き込んでいたんじゃないのか」

「靴屋のご主人は競艇好きで、いつもお店は奥さんにまかせていたそうなのですが、たまたま奥さんに用事があって、きょう、話を聴けたのです」

「そのこと、相棒に連絡したのか」

「いえ」

「なぜだ」

「見返してやりたくて」

「君はだれと組んでるんだ」

「捜査一課殺人犯一係の須藤警部補です」

「若手の面倒見はいいと聞いてるが」

「女は嫌いなんでしょ。足手まといにはなるなと、いつも言われます」

「それなら報告するな」

立山がにんまりした。

勘はよさそうだ。

「児島警部補の邪魔になる。そうなんですね」

「まあ、否定はせん」

立山が身をのりだした。顔に朱がさしてきた。

「自分を使ってください。いえ、勉強させてください」

「迷惑だ。それに、仁義に反する」

「ときどき捜査のお手伝いができればいいんです」

「ことわる」

「それなら、麻雀店のことを今夜の捜査会議で報告します。もちろん、これからあのお店に行って、訊問します。児島警部補の訊問の中身も聴きますよ」

「俺をおどしてるのか」

立山が姿勢を正し、頭をさげる。

「このとおり、お願いします。けしてご迷惑はかけません」

児島は、ため息をついた。

「わかった。手伝ってもらえることがあれば連絡する。それで、いいか」

「はい」

立山が声をはずませた。手帳にペンを走らせ、一枚をひきちぎる。

「自分のケータイの番号とメールアドレスです。いつでもどうぞ」

「そう気負うな」

立山がはずかしそうに笑みをうかべた。

「鹿取警部補と仲がいいそうですね」

「まあね。鹿取さんが気になるのか」

「あの人、どんな方なのですか」

「会議室で君が言ったとおりだ」

「酒と女にだらしない。でも、仕事はできるとも聞きました」

「たしかに。俺は鹿取さんを信頼してる。嗅覚《きゅうかく》の鋭い一流の刑事だよ」

「それなのに、嫌われてる。幹部の人たちはけむたがってる。なぜですか」

「異能の人って、敵が多いもんさ」

「児島さんも捜査一課のエース級だと聞きましたが、嫌われてない」

「そんなことはどうでもいいじゃないか。刑事は犯人を挙げる。それだけだ」

「鹿取警部補に会わせてください」

「近寄らないほうがいいと思うけど」

「皆にそう言われるので、なおさら興味が湧《わ》くんです」

「いいだろう。君の仕事ぶりを見てからのことだが……」

「ええっ」

立山が声をうわずらせた。

「もう指令をだしてくださるのですか」

「そんなおおげさなもんじゃないよ」

児島は、ひと呼吸おいて、話しかけた。


仕事中は忘れているのに、それ以外の時間は面倒事に頭をうばわれる。移動の電車のなかでも、コーヒーショップで一服するときも、妻の洋子のことがうかんでくる。渋谷署の捜査本部に出動してからは、入浴中も睡眠前のひと時も、無心になる食事中でさえも洋子とのやりとりが脳裡《のうり》にひろがり、感情を波立たせる。

それに、いつ監察官室に呼びだされるかの不安がかさなる。

順風満帆の人生にも思わぬ落とし穴があることくらい理解していたのだが、こうして穴にはまって初めて、真綿で締めつけられる苦痛を思い知らされた。はまった穴はアリ地獄のようにさえ思える。

己の信念と洋子の信心がぶつかり合い、そのたびに神経が磨耗していく。

――あなたには人の心がないのよ。一番身近なわたしにでさえ、救いの手をさしのべようとしない。身勝手で、偽善者……それがあなたの実像だわ――

洋子は夫の人格を否定する暴言を吐いておきながら、つぎの話し合いの場では、夫への情愛を強調した。

――信教の自由は憲法で保障されてるの。離婚の理由には絶対ならないわ――

――離婚とおなじで解雇の理由にはならない。そんなの、権力の横暴よ。断固戦って、あなたの名誉と地位を護ってあげる――

いったい、なんなのだ。どうすりゃいいんだ。

毎度のこと、とりとめのない思慮の末に、そう叫びたくなる。

児島は、立ち止まり、正面の建物をにらみつけた。

白亜の三階建てが伏魔殿に見える。

杉並区のはずれにある宗教法人・極楽の道の東京支部を訪ねるのは二度目だ。

前回とおなじ応接室に案内された。

天女が舞う額に唾《つば》をかけたくなるのは憎悪のせいか、あるいは、精神が均衡を失い、理性が壊れかけているせいか。

ほどなく、東京支部長の原口博文があらわれた。

児島はふり返って、ドアが閉まる音を確認した。

前回の面談のさいは、半開きのドアのむこうで洋子が聞き耳を立てていた。

原口が胸の前で数珠をもむ。

そうした動作のひとつひとつがうさんくさい。

「きょうはどのようなご用件でしょうか」

「逆風のなかの選挙、大変なようですね。妻がぼやいてました」

「洋子君……あなたの奥様は心配性ですからね。選挙のことばかりではありません。あなたの身も案じておられますよ」

「脱会すれば済むことです」

児島はむきになった。

「それでは洋子君が地獄におちる」

「どうして」

「彼女は……」

原口がまた数珠を鳴らした。

「御仏《みほとけ》に護られている。御仏と信者の絆は、人と人とのそれとは比べものにならないほど深い。その絆を断ち、経典にそむく行為をとれば、地獄におちるのが必定です」

「そうやって、後悔がめばえた信者をおどしてるのですか」

「おどしではありません。信心の浅い者を諭してはいますが」

「それでも脱会者はあとを絶たない。民事裁判の件数も増えてるとか」

「人間の欲望にはかぎりがない。つぎからつぎとあらたな欲望が湧いてくる。御仏は深い御心で信者をつつまれてはいるけれど、本人の意志が弱ければ、信心が浅ければ、苦界《くがい》に逆戻りすることもある。さいわい洋子君は信心深く、奉仕活動にも非常に熱心なので、そういう心配はないと思っています」

「選挙も奉仕活動ですか」

「国をよくするために、身を粉にして奉仕する。御仏の教えです」

児島は、電話で聴いた鹿取の話を口にした。

「選挙の票を買収してるとの噂があります」

「ほう。どんな」

「日本極楽党に一票を投じた者には、教団のグッズを進呈するとか」

「無礼なっ」

原口が怒声をあげ、顔を真っ赤に染めた。

「御仏のお慈悲そのものの極楽石や極楽水を、グッズとは何事か。詫《わ》びたまえ」

「その必要はないでしょう」

児島は毅然と応えた。

「自分は極楽の道の信者ではない。信者でない者にとっては普通の、いや、ただの石や水にすぎません」

「救いようのない人だ」

「妻にも言われました。人の心がないと……身勝手で、偽善者とも」

「当然だな」

原口が吐き捨てるように言った。

いまが攻め時だ。

頭の片隅で勘がささやいた。

「ところで本日の用件ですが、死亡した被疑者についてお訊《たず》ねしたい」

「彼のことは広報をつうじて、警察の質問には応えてる」

広報という言葉が神経にふれた。しかし、洋子は日本極楽党の広報部副部長だ。それを記憶で確認して話を前に進めた。

「補充の質問と思ってください」

「ことわればどうなる」

「渋谷署への出頭を要請することになるかと……これでも、統一地方選挙の公正性に配慮して慎重な捜査をしてるのです」

「わかった。早く言いたまえ」

雑になった口調はもう元にもどらないようだ。

「被疑者の小川利次は、おととしの四月に極楽の道の在家信者になった。提出された資料によれば、紹介者はなし、寄付金は百万円になっていますが、まちがいありませんか」

「事務方がそう記載したのだから事実だろう」

「あなたは入会希望の信者と面談しないのですか」

「そういうわけではないが、基本的には担当者にまかせてる」

「新入会者のセミナーを開設してると聞きましたが」

「前期と後期にわけて年二回やってる。が、わたしは冒頭の挨拶《あいさつ》だけで、教義や信者の心構えなどは専任の者がおしえる」

「つまり、小川とは一面識もなかった」

「そういうことだ」

「小川が入会した時期に信者になった人はほとんど紹介者がいる。洋子の場合も、おなじ町内に住む主婦の紹介だった。資料には入会した理由を書いてなかった」

「教祖が書かれた本に感銘して入信する者もいるし、地区ごとに開催するセミナーに参加して信心にめばえる者もいる。彼の場合もそのどちらかだろうな」

「ずいぶんあいまいな言い方ですね」

「君はどんな魂胆があって刺々《とげとげ》しい質問をしているのだ。こちらが善意で提出した資料については、事務方が警察の事情聴取を受けたとの報告があがってるぞ」

「ではどうして、自分の質問を受けられているのですか」

「そ、それは……」

「捜査状況を知りたくなった。だから、自分との面談に応じられた」

「邪推だ。あくまで善意。君が洋子君の夫という事情もある」

「きょうもここへ呼んでるのですか」

「彼女はいそがしい。わたしも多忙なんだがね。そろそろおわりにしてくれないか」

「もうすぐです」

児島は即座に返し、原口の動きを封じた。

「寄付金の百万円、ほかの紹介者なしの在家信者よりも多額ですよね」

「あくまで入会時の寄付だ。信者のお布施とは異なる。たしかに、二十五歳の若者が百万円を寄付するのは異例かもしれないが、教団設立当初は五百万、一千万円を寄付される方もめずらしくはなかった。たぶん、彼はそれほどに極楽の道の教義に魅せられ、己の覚悟の深さを示したかったのだよ」

「覚悟……信心するのに覚悟が必要なのですか」

「なにをやるにしても覚悟はいる。覚悟なき者は半端なことしかできない。脱会者は例外なく半端者で、だから、世俗の欲に負けたのだ」

「それにしても百万円は多い。入会を希望したとき、被疑者はフリーターだった。彼の銀行口座を調べたが、入会時の預金は七千三百十五円で、百万円をどうやって捻出《ねんしゅつ》したのかは現在も不明です」

「われわれが関知することではない」

「百万円を工面してまで入信したかった者が、入会後は教団の活動や日本極楽党の支援に積極的でなかったとも聞いています。その点、どう思われますか」

「極楽の道の信者は全国に二十三万人いる。信心の仕方はそれぞれだ。自宅で熱心に読経を唱えるだけで心おだやかになる者もいるだろうし、藤沢市の本堂へ毎月でかけ、教祖様のありがたいご教義に耳を傾ける者もいる」

「最後の質問です」

　原口の表情がけわしくなった。

「小川が犯行におよぶまでの二、三か月のあいだに、藤沢の本部と東京支部をふくめ、彼に接触した教団の幹部はおられませんか」

「知らん。すくなくともわたしは会っていないし、そういう報告もない」

「わかりました。これから渋谷署にもどり、あなたの証言を精査します」

「精査だと……それはどういう意味だ」

「ほかの方の証言と食い違いはないか、調べるのです。もし証言に疑問点があれば、つぎは渋谷署への出頭を要請することになります」

「そうか。君らは、あらゆる手を使って選挙を妨害する気だな」

「とんでもない。それこそ邪推……被害妄想ですよ。では、これで」

　児島はさっと腰をうかせた。

――ネタはなんでもいい。支部長にゆさぶりをかけてみろ――

鹿取の指令には充分に応えられた自信がある。


木曜日の午後七時、第九回の捜査会議が開かれた。

二百脚をこえる椅子《いす》はほとんど埋まっている。

それだけでも捜査が進捗《しんちょく》していないのがわかる。有力な情報を得た捜査員は、相棒と二人で、もしくは部署の仲間たちと連携し、会議などそっちのけで動きまわるからだ。

対照的に、雛壇《ひなだん》に座る幹部連中の数はすくない。警視庁捜査一課の坂上真也課長をまんなかに八人。端に公安総務課の大竹課長と中山管理官がいるので、捜査本部の幹部は六人ということになる。

議事進行役を務める渋谷署刑事課の藤崎課長が声をあげた。

「めぼしい報告はあるか」

場内がどよめいた。

一日二回行なわれる捜査会議は、午前がその日の捜査方針の通達と質疑応答、午後は捜査員の報告と、その分析に時間の大半が費やされる。捜査会議は捜査員が得た情報を検討して共有し、それに基づいて捜査方針を決める場なのだ。

捜査員の報告を省くかのような発言に捜査員たちはおどろきを隠さなかった。

「お開きか」

鹿取がぼそっと言った。

児島はあわてて声をかけた。

「解散すると」

「このていたらくではどうしようもねえわな」

「でも、それは……」

児島の声は前方の野太い声に消された。

視線をもどしたときはすでに、殺人犯一係の須藤警部補が立ちあがっていた。

「そちらの方々にどんな思惑があるのか知りませんが、そんな投げやりな言い方はやめてもらえませんか。捜査方針の変更や、あらたな展開を考えられているにしても、まずはわれわれの報告を聴くのが筋だと思います」

「筋や建前でこの難局を打破できるのか。おまえ、みやげを持って帰ったのか」

「いいえ。しかし、皆の報告を聴き、意見を交わすうちに突破口を開けたことが、これまでに幾度もありました」

藤崎が顔色を変えてなにか言おうとした。

坂上課長がそれを手で制し、口をひらく。

「もっともだ。君たちの仕事ぶりに不満はないし、いつもどおり、期待してる。だが、今夜は時間がない。午後八時半から緊急の記者会見が行なわれることになった」

「時刻をおくらせてください。捜査会議を優先すべきです」

「そうはいかんのだ。上層部の命令だからな」

「捜査本部の解散を宣言するのですか」

甲高い声が響いた。渋谷署捜査一係の立山加奈子だ。

「さっき、新聞記者がそういう話をしてるのを耳にしました」

「くだらんことに神経をつかうな。まだなにも決まってはいない。捜査を継続するか、おわらせるかは現場が……ここにいる者が判断することだ」

「警視庁の意向はどうなのですか」

「やめないか、立山」

藤崎が声を荒らげた。

立山が背をまるめる。

代わって、須藤が声を発した。

「坂上課長、中途半端な幕引きだけはやめてください」

「わかってる。で、この場では皆の意見を聴きたいと思う」

「それなら、まずは自分が……公安総務課の大竹課長にお訊ねしたい。被疑者に関する公安情報を提供する気があるのか、ないのか」

「現段階では、ない。こちらの情報は君らが得た情報と大差ないからね」

大竹がおだやかに応えた。

「われわれの捜査に協力するつもりはないと」

「協力できる情報を持ってないということだよ」

「それならここから先の会議には参加しないでください」

「きさまっ」

中山管理官が声をとがらせた。

となりの大竹が腰をあげ、部下の肩をポンとたたいた。

「坂上課長。須藤君の言うことは一理あるので、われわれは退室する」

大竹と中山が立ち去るや、児島の前列にいる倉田洋が手をあげた。

三係最古参の倉田警部補は、捜査本部の方針を無視し、鹿取や児島とも連携しないで、独自の捜査をしている。被疑者を射殺した玉井巡査部長の身辺捜査をやっているのだろうと鹿取は言うけれど、その推察が的を射ているのかどうかはわからない。捜査の最終局面では連携しても、そこに至るまで、三人の警部補は好き勝手にやってきた。

「なんだ、倉田。今回はやる気がないのかと思っていたぞ」

坂上が意外そうな顔を見せた。

「正直、やる気がおきません。三係の仲間にかぎらず、捜査員の皆が似たような気分でしょう。その最大の理由は、被疑者が死亡したからではありません。もうひとつの事件、被疑者を射殺した事案が捜査の対象外になっているからです」

「おまえはその線を洗ってるのか」

「お応えする前に、玉井の取り調べの状況を説明願えませんか」

「なぜ、こだわる」

「事件の背景に公安事案があるからです。被害者は、光心会とは表裏一体の光衆党の幹事長、被疑者は極楽の道の信者。警告もなく、問答無用で発砲した玉井巡査部長に宗教のにおいを感じてるのは自分ひとりではないと思います」

「そのとおり」

だれかが元気な声で呼応した。

「しかし……」

藤崎が顔をしかめ、ややあって言葉をたした。

「内部調査は、警察の威信にもかかわる極秘事案だ。皆を信用しないわけではないが、情報がもれるとマスコミが色めき立ち、収拾がつかなくなるおそれがある。いまでさえマスコミはうるさく騒ぎ、それにあおられるように、世論も噂《うわさ》に尾ひれをつけ、インターネットではでたらめの情報が氾濫《はんらん》している」

「玉井の線から事件の全容を解明できるかもしれません。それともなんですか……警視庁の上層部はそうなることをおそれてるのですか」

あちらこちらで「そうだ」の声があがった。

「ばかな」

藤崎の声には力がなかった。

「いいだろう」

坂上が言い、となりの星野理事官に視線をやった。

玉井への訊問は渋谷署刑事課の捜査一係長が行なっているが、つねに星野と強行犯三係の丸井係長が立ち会っていると聞く。

鉄仮面との渾名《あだな》のある星野が眉毛一本も動かさずに口をひらいた。

「最初に、君たちの疑念に応えておく。取り調べから五日目の現在も、玉井は宗教団体とのかかわりを否定している。玉井の供述のウラ取りは、捜査本部に参加していない捜査一課の数名が行ない、監察官室と人事第二課も情報収集にあたっている。現時点において、玉井の供述をくつがえす証言や物証はなにひとつ得られていない」

警視庁警務部には第一と第二の人事課があって、第一は警部以上の階級の人事を、第二はそれより下の警察官の人事を担当している。

「公安部も動いていますよね」

「かもしれんが、推測でものを言うのは控えておく」

「では、玉井と被疑者の接点はどうですか」

「玉井は全面否定してる」

「それもウラをとったのですか」

「裏づけ捜査は現在も続けている」

「その捜査に、われわれも参加させてください。玉井が警察官を拝命して九年……本気で彼の過去を洗いだすつもりなら、少人数での捜査にはむりがあります」

星野に代って、坂上が応じる。

「藤崎課長が言うように、警察の威信にかかわる極秘事案なのだ。大人数で動きまわればマスコミの網にひっかかるおそれがある」

「自分はマスコミと一度も接触していません」

「やはり、玉井の身辺を洗ってるのだな」

「認めます。でも、当初は被疑者の過去を洗っていました。すでにこの場で報告がなされていますが、被疑者は七年前の一時期、渋谷区宇田川で風俗営業店のアルバイトをしており、おなじころ、玉井は宇田川の交番に勤務していた。気になって当然です」

「このさいだ。職務違反は問わないでおく。それで、接点は見つかったのか」

「まだです。なので、捜査員への指示をお願いしてるのです」

「自分の一存では決めかねる。玉井に関しては上層部の許可がいる」

「それならできるだけ早くお願いします」

「約束する」

坂上がきっぱりと返し、間を空けずに声を放った。

「おい、鹿取。やけにおとなしいな」

「どうもやる気がおきなくて」

失笑と苦笑で場内の空気がゆれた。

「そのわりには公安部がピリピリしてるぞ。むこうの連中とニアミスしたそうだな」

「ひまつぶしで、報告するようなことじゃありません」

「いいから言ってみろ」

「公安部が監視する人物と接触したけれど、有力な情報は得られなかった。俺の勘ではその人物の話は信用できる」

「どっちだ。被疑者か、それとも……」

「玉井の関係者です」

鹿取の口調は歯切れがよかった。

児島は横をむいた。

どうして話すのですか。鹿取さんらしくもない。

眼での問いかけは無視された。

鹿取は平然として、坂上のほうを見ている。

「おまえも、玉井か」

「被疑者の小川と、被疑者を射殺した玉井との接点……刑事ならだれだって気になってあたりまえでしょうが。警視庁のお偉方が警察の不祥事に発展しかねないと判断するのは勝手だが、そんなこと、現場の刑事には関係ない」

坂上が室内を眺めまわした。

「どうやら、おまえたちもおなじ思いのようだな。いいだろう。とりあえず、捜査継続の方向で記者会見に臨むことにする」

ほんの一瞬、となりの星野理事官が口元をゆがめた。

児島は小声で鹿取に話しかけた。

「見ましたか、理事官の顔……」

「ああ。捜査本部の解散は決定済みのようだな」

「でも、坂上課長は……」

「たまには主役を張らせてやれ」

鹿取がにんまりする。

坂上の声が聞こえた。

「しかし、われわれには時間がない。被疑者死亡の状況下で、いつまでもこの体制のまま捜査を続けるのは困難だ。書くネタが切れたのか、マスコミは警察を突つきだした」

「ほかからも突つかれてるのではありませんか」

前方から声が飛んだ。

捜査員に気力がもどってきたのは空気でわかる。

「否定はせん。だが、捜査方針を決めるのはここにいるわれわれだ」

坂上が力強く言った。

すかさず、鹿取が声を発した。

「クビになるぜ」

場内がしんと静まり返った。

坂上は表情を変えなかった。

「心配するな。おまえより先にクビにはならん」

どっと笑い声がはじけた。

児島も頬をゆるめた。

視線をふった先で、鹿取はもう頬杖をつき、窓をむいていた。

酒井正浩がふうっと息をぬき、キャップと伊達《だて》メガネをとる。そのあとで、けわしい表情のまま室内を舐《な》めるように見まわした。

「鹿取さんの私刑場ですか」

「公安部はこの部屋の情報を持ってないんだな」

「ええ」

鹿取は、二人分の水割りをこしらえ、ソファに座った。

「尾行はされてねえだろうな」

「同僚を撒《ま》けないようでは仕事になりません」

「ここは三好専用のカラオケルームで、防音設備は万全だ」

「その言葉、忘れます。これ以上の深入りは……」

「いまさらおそいわ」

鹿取は、乱暴に声をさえぎった。

「クビになったら三好に頼んでやる。街の探偵かやくざ者……大昔からクビになった刑事にはお似合いの稼業だ」

「そうなれば有能な情報屋を失くしますよ」

「代わりはいくらでもつくれる。公安刑事にまっとうな野郎はいねえからな」

「ほんと、とんでもない人に助けられたものです」

酒井がぼやき、グラスをあおる。

十五年前になる。公安部にいた鹿取は、歌舞伎町の路地裏でやくざらしき男どもに暴行される若者を助けた。その若者が酒井で、公安部公安三課に配属されたばかりの新米刑事だった。あとで聴いた話では、職務中の出来事で身分をあかせなかったらしい。

公安刑事にふりかかる災難は、職務中であろうと、プライベートな時間であろうと、己ひとりで処理しなくてはならないが、実行できるかは個人の度量の問題である。

それはともかく、以降、酒井と飲み歩くようになり、刑事部に転属されたあともその縁が続いている。公安部に仲を気づかれなかったのは、部署が異なり、公安事案を共有しなかった以上に、運がよかったということだ。

酒井は七年前に公安総務課へ転属し、いまはひとつの係をまかされている。

ぼやきは文句に代わった。

「あんまり無茶をしないでください。こそっとならともかく、うちの連中の眼前で監視対象者に会うなんて、もってのほかです」

「玉井の女だった谷村宣子のことか。あの女を監視しても時間と経費のむだだよ」

鹿取は、宣子の部屋でのやりとりを簡潔に話した。

「出会い系サイト……警察官がそんなものを使って……」

「俺も愛用してるぜ」

「鹿取さんは論外です」

「ふん」

鹿取は、煙草を喫いつけ、斜め前に座る酒井を見据えた。

「公安総務課はなにをつかんだ」

「どういう意味ですか」

「警視庁のお偉方が捜査本部の解散をたくらんでいる。つまり、玉井に関して、警察には都合のよくない情報が入りつつあるということだろう」

「その話、公安部……すくなくとも公安総務課の捜査との脈絡はありません」

「ほんとうか」

予測がはずれ、眼がまるくなった。

昨夜の捜査会議は、坂上課長との猿芝居で幕をおろした。

前日、渋谷署の署長室でさしむかったとき、坂上に窮状を吐露された。

——どうやら、上層部は捜査本部の早期解散の腹を固めたようだ——

坂上の口調には悔しさがにじんでいた。

児島の話をしたあとだったので、坂上の顔つきと言葉は信用できた。

だから二人で相談し、会議の最後に鹿取がダメを押す作戦を決めたのだった。

渋谷署の玉井への訊問は渋谷署の捜査一係長の役目だが、取調室を差配しているのは捜査一課の星野理事官である。星野の指示で捜査本部に属さない捜査一課の数名が供述のウラを取り、監察官室と人事第二課は玉井の身辺調査を行なっている。

しかし、どれほど優秀な警察官であっても、公安総務課の捜査にはとおくおよばない。こと公安事案に関していえば、大人と幼児ほどの差がある。

だから、捜査本部解散の背景には公安総務課が収集した情報があると読んでいた。

「玉井と宗教団体との接点、見つからんのか」

「まったく」

「そんなはずはない」

「公安総務課のほぼ全員であたってるのですよ」

「だらしねえな。いいか、玉井は至近距離で小川の心臓を撃ちぬいたんだ」

「わかってますよ」

酒井が口をとがらせた。

「でも、なにもでてこない」

「それなら訊くが、上層部はどうして捜査本部の解散を急ぐと思う」

「それは……」

酒井が言葉をにごした。

「言え。知ってることを言わないと、俺がリークして、おまえのクビを飛ばすぞ」

「自分をおどすなんて……」

「光衆党の圧力か」

酒井が咽元をさらし、グラスを空けた。

鹿取はたたみかける。

「官邸に圧力をかけた。そうなんだな」

「そういう情報があります」

「光衆党は被害者だ。統一地方選挙で不利になることは絶対にない。捜査の全面解決を強要するのならともかく、捜査の幕引きを図る理由はなんだ」

「同情の追い風に乗ったまま、投票日を迎えたい」

「捜査を継続すれば逆風になるおそれがあるんだな」

「あくまで公安部の推測です。ＣＩＲＯ内にもそういう読みがあるとか」

ＣＩＲＯは内閣情報調査室の略称で、設立以来トップの座は警察庁出身者が独占し、主要ポストにもつねに数名の警察官僚が就いている。それも大半は警察庁警備局、つまりは公安に深くかかわってきた者たちである。

警察庁警備局と警視庁公安部の幹部らが官邸内の情報にあかるい理由はそこにある。

鹿取は奥歯をかんだ。

「鹿取さんの読みも似たようなものではないのですか」

「ん」

「だから、被疑者の小川利次ではなく、渋谷署の玉井治に興味をもった」

「おい」

鹿取は声ですごんだ。

「なにを隠してる」

「なにも……ほんとうです。事件発生以来、われわれは玉井と光心会の接点を洗ってるのは認めますが、なにひとつそれらしい情報はつかめていません」

「おかしいじゃねえか。なにもないのに光衆党が圧力をかけるもんか」

「自分も同感です。うちの仲間もなにかあるとうたぐっています。かりに捜査本部が解散しても、独自の捜査を継続すると……けさ、確認したばかりです」

「それ、大竹は承知か」

「いえ。ごく少数の仲間内の約束事です」

鹿取は、うなり声をもらし、腕を組んだ。

事件当時の夜の、児島とのやりとりを思いうかべた。

——玉井は隠れ信者なのですか——

——俺はそう見てる——

あのときの勘が的はずれとは思わない。

——捜査本部の幹部連中だけじゃない。警視庁の上層部も、警察庁のお偉方も……もしかすると、官邸サイドも徹底究明の指示をだしたかもしれん——

その推察もしかりだ。

光衆党のだれが。

「えっ」

声がして、意識がもどった。

「いま、なんて言われたのです」

「光衆党のだれが、官邸のだれに接触した」

「おとといの夜、赤坂の料亭で、光衆党の国会対策委員長の山内常夫《やまうちつねお》と内閣官房長官の国《くに》定光晴《さだみつはる》が会食をしたとか」

「山内……光心会青年部の元部長で、永峰教祖の秘蔵っ子といわれてるやつか」

「はい」

「光衆党より、光心会の意向が強く働いてるとも読めるな」

「はい」

二度目の「はい」には力があった。

「山内の周辺、調べてるようだな」

「きのうからですが、自分の係が担当しています」

「よしっ」

「だめです。玉井とはモノが違う。自分が捜査情報をもらし、鹿取さんが動けば、こんどこそクビが飛びます」

「さっき言っただろう。再就職の先は俺が世話してやる」

「いりません。三好組に入れば、それこそ鹿取さんに命を削られる」

「ここでもいいぞ。おまえの歌、ヘタクソだもんな。タダで練習できる」

酒井がなにかを言いかけてやめ、情なさそうに眉をさげた。

「ついでだ。国定光晴の個人情報を俺に流せ」

「まさか……官房長官を相手にする気ですか」

「山内が、新政党の国会対策委員長でもなく、幹事長でもなく、総理の女房役の官房長官に面談したのにはそれなりのわけがあるはずだ」

酒井があきれ、肩をおとし、うなだれた。

鹿取は、そしらぬ顔で曲目を選びはじめた。


糊《のり》の効いた座布団のせいなのか、尻がむずがゆい。胡座をかいてはいるけれど、ふわっと浮きあがる感じがする。

かしこまった席は性に合わない。

鹿取は、上着をぬぎ、ゆっくりと首をまわした。

「そこには螢橋が座っていた」

警察庁の田中一朗が眼元に涼しい笑みを走らせた。

港区狸穴《まみあな》にある料亭・若狭《わかさ》の二階個室でさしむかいになったところだ。

赤坂のカラオケボックスをでて、三好組の事務所で寛《くつろ》いでいたときに電話が鳴った。

渋谷駅前のハチ公広場で光衆党の西原幹事長が射殺された直後に呼びだされて以来の面談である。そのあいだ、電話もなかった。ときおり田中のことが気になり、いつ声をかけられても対応できるよう心構えはしていたつもりだが、いざこうして対面すると、神経が細波《さざなみ》を打つようにゆれてしまう。

神奈川県警の螢橋政嗣はどうだったのだろうか。

ふと思い、すぐに消した。

世のなかにはこういう男もいるのだと、己に言い聞かせるしかないのだ。

「中野新橋の円と思えばいいではないか」

鹿取は、おおげさに肩をすぼめ、盃《さかずき》をあおった。

田中からなにを聞かされてもおどろかなくなった。どうせ、自分のことはなにからなにまで調べつくしているのだろうと開き直るしかない。

そのついでに口がすべる。

「麻雀はやりませんよ」

「わかってる。三つのうちのひとつくらいはやめとくほうが君のためだ」

「飲む、打つ、買う……警視監は三つともおやりですか」

「螢橋は、そんな無粋な質問などしなかった」

「申し訳ありません」

「あやまらなくていい。わたしは三つともやる。すべて得意だよ」

田中がさらりと言い、盃を切るように酒を飲んだ。

この人にはかなわねえや。

いつも、そう思わされる。

田中の仕種や言葉が自然なのか、作為なのか。

そんな推察もどうでもよくなる雰囲気が田中にはある。

八寸膳《はっすんぜん》の品を食べおわるや、田中の表情が一変した。

「光衆党が捜査をおわらせようと画策しているのは知ってるね」

「ええ。光衆党の山内が官房長官に要望したとか」

「要望ねえ」

田中が首をかしげた。

「要望でなければ、おどしですか」

「政府の弱点をついた感じだな。衆参逆転のねじれ国会を解消するために、政府も与党の新政党も、参議院で過半数を確保できる光衆党との連立を熱望している」

「官房長官は受け容《い》れた」

「そうせざるをえなかった。ただし、国定長官は一癖二癖もあるキツネだから、舌先では快諾したようだが、警察庁への指示はゆるやかだった。あっさり光衆党の要求どおりにすれば自分らの利益にならないと考えているのだろう」

「光衆党をヤキモキさせて、新政党との距離を縮めるのですね」

「永田町てのは、古い手法がいまもまかりとおる世界だよ」

「捜査一課の坂上課長は、記者会見で捜査の継続を断言しましたが」

「あのあと、警察庁の官房長に呼びつけられた」

「吉村豊《よしむらゆたか》……次期長官といわれてる人ですか」

「そう。会話の詳細は把握できていないが、週明け早々にも再度記者会見を行ない、捜査終結をにおわせる発言に修正するよう求めたらしい」

「現場は反発します」

「それはそうだろう。幹部のだれもが手を焼く鹿取警部補を味方につけたのだからね」

田中がにっと笑い、また箸《はし》を動かした。

三種の造りと筍《たけのこ》の土佐煮が消える。田中は早食いも得意らしい。

鹿取はほとんど食べない。手酌で酒を飲み、田中が顔をあげるのを待った。

仲居がグジの汐焼を運んできたが、そこで田中が箸を休めた。

「玉井の身辺捜査は難航しているようだね」

「捜査本部だけではありません。公安も……」

あとの言葉は田中の手のひらにさえぎられた。

「どっちもあてにはしていない」

「えっ」

「記者会見の前とは言わない。来週の金曜、おそくとも土曜までになんとかしてくれ」

「それまでに玉井と宗教団体との接点をつかめと言われるのですか」

「そうだ」

「統一地方選挙の投開票の前日ですね」

鹿取は背をまるめ、さぐるような眼つきで言った。

田中は身じろぎしない。瞳もまったくぶれなかった。

「弔い合戦を展開する光衆党の躍進を阻《はば》みたいのですか」

「都議会に光衆党議員の席が増えるのはのちのちやっかいだ」

鹿取はうなずいた。

警視庁は東京都が所管している。国もおなじで、行政が司法に影響を及ぼすのは三権分立の大儀に反するけれど、現実はあまくない。最高検察庁は法務省の一部署であり、各道府県の警察本部はその自治体が所管している。地方自治体が警察組織の予算を掌握している以上、どうしても行政の影響を受けるのだ。

しかも、宗教法人・光心会は東京都が認可している。光心会に違法行為や問題事がおきたときに指導・監督し、許認可の是非を検討するのも東京都の役目である。

都議会での光衆党の発言力が増せばそれだけ警視庁の足かせになる。

警視庁公安部が極楽の道と日本極楽党に神経を注ぐのもおなじ理由による。

田中の眼光が鋭くなった。

「しかし、それだけが目的ではない」

「では、なにを」

「光衆党と日本極楽党の軋轢《あつれき》、あるいはそれぞれの党の内部事情……いろいろある。今回の事件は、公安部でさえつかみきれていない闇をあばく絶好の機会だ」

「……」

声がでなかった。

警察公安は、宗教団体の関連施設や重要人物を四六時中監視している。

情報収集と内偵捜査のスペシャリストが照射できない闇をどうやってあばくのか。

想像するだけでも背筋がふるえる。

その手段を思えば途方に暮れる。

ふいに螢橋の姿がぼんやりうかんだ。漆黒の闇でのた打ち回っている。

「おしえてください。ホタルはなにをしてるのですか」

「しばらく螢橋は忘れたらどうだ」

「むりです。自分の任務とかさなるのならなおさら気になります」

「そうか」

田中がほほえんだ。

「やっと隠れ公安になってくれたか」

「どうとでも思ってください」

鹿取は、精一杯の虚勢を張り、言葉をたした。

「警視監の命令がなくても、自分はやるだけのことはやります」

「仲間と友のためにか」

「己のためです」

「つっぱるな。君は螢橋とはちがう」

「どうちがうのですか」

「覚悟の質が異なる」

「覚悟の質……ですか」

「三好組の親分が有罪判決を受け収監されたあと、君と螢橋はどうした」

鹿取は思わず眼を見開いた。

三好との付き合いは四年になる。螢橋に紹介されての縁だが、知り合ってまもなく、三好は螢橋の極秘任務を手伝ったせいで罪を犯し、実刑判決を受けた。

三好が広島刑務所に服役しているあいだ、鹿取はしばしば三好組事務所を訪ね、若頭補佐の松本らの相談相手になった。料理と酒を馳走《ちそう》になりながら話を聴くだけのことだったが、三好はうれしかったようで、出所後は親密さが増した。

他方、螢橋は三好不在の事務所に一度も姿を見せなかったという。

一時期、鹿取は、螢橋を情のかけらもない野郎だと思ったりしたのだが、三好はそんなふうにとらえなかったようで、娑婆にもどってからの二人の絆はさらに深くなった。

なぜだろうという思いは、いまはもうない。

そんなことより、田中が自分や螢橋の行動を把握しているばかりか、胸のうちまで推察していることにおどろいた。

田中の声がした。

「人の情の表現の仕方はそれぞれだ。相手の受け止め方もそれぞれだよ。さしずめ、君と螢橋はおなじ情の表と裏……親分はおなじように受け止めた。ちがうかね」

「どうでしょう」

「あいかわらずとぼけた男だな」

「そっくりそのままお返しします」

さらっと言い、グイと酒をあおった。

田中が愉快そうに笑っている。

鹿取は笑えなかった。

まだまだ話は続く。

自分のほうから訊ねたいことが山ほどある。


「ここで、バイバイだ」

運転席の松本裕二がふり返った。顔はひきつりかけている。

「それはないでしょう。酔っての女連れとはいえ、野郎は……」

「うるせえ」

鹿取信介は乱暴に返した。神経が逆立っている。

警察庁の田中警視監とのやりとりのせいかもしれない。

山ほどの疑念のほとんどを口にしないまま田中と別れたせいもある。

松本から電話があったのは二時間ほど前のことだ。

――野原組の大場が女と二人きりで食事をしています――

まるで、攫《さら》うには絶好の機会だと言わんばかりの口ぶりだった。

「俺がやつと消えたあとでそっと離れろ」

言いおえる前にドアを開いた。

早足で進む。

前方十メートルでタクシーのテールランプが点滅している。

ハーフコートを着た女に続いて、ずんぐりとした男が路上に立つ。

鹿取は近づきながら声をかけた。

「よう大場、また遇《あ》ったな」

「だれだ、あんた」

「警視庁の鹿取。お初とは言わせねえぞ」

「そう言われても、見覚えが……マル暴の刑事さんですか」

「とぼけるな」

「なんだとっ」

「女の前だからといきがるんじゃねえ」

「友さん、なにやったのよ」

女がなまいきな口を利く。

「てめえはひっこんでろ」

大場がわめいた。

鹿取は左手のマンションにむかって顎《あご》をしゃくった。

「部屋のトイレ、貸してくれ」

「ことわる」

「ふん」

鹿取は腰の拳銃をぬいた。

S&W製の二十二口径リボルバー。公安刑事のころからの愛用だが、一発も撃っていない新品である。使いなれたほうは一月の銃撃戦のあと、監察官室に没収された。

大場の上体が反り返った。

「な、なにしやがる」

「どうする。もっと面倒な場所に行ってもかまわねえぜ」

大場が口元をゆがめ、女をうながした。

マンション八階の一室に入り、リビングのソファで大場と向き合った。

調度品はかなり凝っている。リーマンショック以降の六本木はさながらゴーストタウンで、四、五年前までは荒稼ぎしていたキャバクラもすたれてしまった。

キャバクラで働く女が優雅に暮らしているように見えるのは大場の羽振りがいいからだろう。それなのに女は客をもてなす気配も見せず別室に消えた。

お似合いか。けど、俺も五十歩百歩か。

そんなことが頭をかすめた。

大場が背をまるめて身構える。

「手帳を見せてくれませんか」

鹿取は警察手帳を開いて見せた。

「強行犯三係。渋谷ハチ公広場の事件を担当してる」

「光衆党の幹事長が殺された、あの事件……」

大場の四角い顔に困惑の色がひろがった。

鹿取も背をまるめた。

「てめえ、俺の素性も知らずにからもうとしやがったのか」

「からむなんて、とんでもない」

「連れの男、麻薬の売人だってな」

「そうだとしても、うちとは関係ありません」

「野郎、ポケットに物騒なものを呑《の》んでたようだが」

「見たんですか」

鹿取は腕をのばし、大場の上着の襟をつかんだ。

顔が接近する。

それでも、大場はたじろがなかった。

「手をはなしてくださいよ、だんな」

「野原の用心棒をしていただけのことはありそうだな」

鹿取は手をはなし、ソファに背を預けた。

「その根性は買ってやる。が、俺には通用せん」

「こんな深夜に待ち伏せて……いったいなんの容疑ですか」

「売られた喧嘩《けんか》を買いに来たまでよ」

「それがさっぱりわからねえもので」

「あの売人、別件でパクるぞ」

「どうぞご自由に。俺には痛くも痒《かゆ》くもありませんから」

「あの晩のことだが、三好組の組長が一緒だったのも承知の上か」

大場の眉間《みけん》に溝が走った。

「まさか、三好を狙ったわけじゃあるめえな」

「ご冗談を。正直に白状しますが、三好組の親分とはあの夜が初対面でした。それもあとで三好組の親分とわかったしだいです」

「てめえは武闘派とかいわれてるそうだが、得意は口喧嘩か」

「なにっ」

大場が眼を見開いた。

同時に、チャイムが鳴った。

女が部屋からでてきて、玄関へむかう。乾分らを呼んだのだ。

血相を変えた野郎三人がリビングに突進してきた。

「静かにしてろ」

大場のひと声で、三人が棒立ちになった。

「鹿取のだんな、面倒になる前にひきあげてくれませんか」

「そのほうがよさそうだ。このままでは三好組の連中が飛び込んでくるかもしれん」

はったりではなかった。

松本の気質は熟知している。

あのあと、マンションの近くで様子をうかがっているはずだ。大場の乾分らが駆けつけたのをみとめて、事務所に連絡したかもしれない。

「邪魔したな」

鹿取は、玄関へむかいかけ、ふり返った。

「親分の野原は元気か」

「おかげさまで」

「光心会との腐れ縁、まだ切れてないようだな」

「なんのことです」

「あそこの汚れ仕事、てめえがやってると聞いたぜ」

大場がすくと立ち、鹿取と面を突き合わせる。

「あんた、なにが言いたい」

「心配してやってる。よけいなまねをさらしてると、おまえの武闘派軍団どころか、本丸の野原組も吹っ飛ばされるぜ」

「警察にですか……それとも三好組が……」

「悪いことは言わん。三好組は相手にするな」

「べつにこっちからちょっかいはだしませんが、売られたら買うしかない」

「その言葉、信用しとく」

鹿取はきびすを返した。

端から大場と事を構える気はないのだ。

先夜のことは話のきっかけにすぎなかった。

大場をつうじて、野原組と光心会にゆさぶりをかけるのが目的である。

だから、松本には、差しで大場と話せる機会を見つけたら、何時《いつ》でもすぐに連絡をくれるよう頼んでいたのだ。

これから先、光心会の指示を受けて、野原組がどう動くのか。

三好組とどう向き合うのか。

また三好組に迷惑をかけるはめになるかもしれないけれど、三好のほうから仕掛けることはないと確信している。

頭のなかにあるのは田中警視監の言葉だ。

――来週の金曜、おそくとも土曜までになんとかしてくれ――

――光衆党と日本極楽党の軋轢、あるいはそれぞれの党の内部事情……いろいろある。

今回の事件は、公安部でさえつかみきれていない闇をあばく絶好の機会だ――

具体的な指示のない命令にとまどってはいる。

しかし、鹿取は、意地だけであてどのない啖呵を切ってしまった。

――警視監の命令がなくても、自分はやるだけのことはやります――

マンションの正面玄関のむこうで、巨漢がこちらをにらんでいた。

視線が合うや、松本が満面の笑みをひろげた。

「ご無事で、なによりです」

「霊柩車《れいきゅうしゃ》の用意はしてなかったんか」

「とんでもない。鹿取さんになにかあれば、自分が焼場に運ばれます」

「三好を呼べ。カラオケボックスで歌合戦だ」

第三章

原宿表参道には春の陽《ひ》が溜《た》まり、街路樹の新芽が気持ちよさそうにゆれている。

かわいた風の上は一面の青空だ。

鹿取にはまぶしすぎる。

笑顔のカップルや家族連れが行き交う街の風景にはそっぽをむきたくなる。

あの日、渋谷の道玄坂を女連れで歩くときも妙にきまりが悪かった。気楽なはずの女が気楽でなくなるときのとまどいはいつまで経《た》っても消えそうにない。

それなのに、さまよっている。

ふん、と空にむかって鼻で笑い、体のむきを変えた。

カフェテラスの端にカップルが座っている。

そこへ近づいた。

黒のパンツスーツの女が立ちあがる。

「おい立山、仕事さぼってなにしてやがる。おまえを呼んだつもりはねえぞ」

「自分が来てもらいました」

児島要が真顔で言った。

児島のまっすぐな気質も変わらないんだろうな。

ふいにそう思い、二人のあいだの席に腰をおろした。

座り直した立山が声をはずませた。

「うれしいです」

「なにが」

「鹿取警部補とお話できて」

「まだしゃべっちゃいねえよ」

鹿取はぶっきらぼうに言い、児島に眼《め》をむけた。

「女遊びをおぼえたいのなら菫の玲奈にしろ」

「なんてことを……」

「おまえに素人相手の遊びはむりだ」

児島が眼も口もまるくした。顔は真っ赤になった。

「ご心配なく」

立山が澄まし顔で割り込む。

「わたしの興味は、いまのところ、鹿取警部補ですから」

「趣味が悪いわ」

鹿取は、立山をちらっと見て、視線をもどした。

「要、どうして立山を呼んだ。こいつは殺人犯一係の須藤の相棒だぜ」

「邪険にされてるそうです。それで、見返してやりたいと」

「くだらん。まさか、仕事を手伝わせてるわけじゃねえだろうな」

「手伝ってもらってます。おかげで、おもしろい情報をひろってくれましたよ」

児島の視線を受け、立山が手帳をひらく。

「リーチ麻雀《マージャン》店の一発は、大田区大森のほか、渋谷区の桜丘と恵比寿、品川駅北口の四店舗があります。十五年前に開業した恵比寿が一号店で、そのあと桜丘、品川と続き、一番あたらしい大森店はおととし四月のオープンです」

「おととしの四月……」

鹿取は言葉を切った。やはり、立山の存在が気になる。

だが、児島は平気な顔で鹿取のあとを言い添える。

「被疑者の小川が極楽の道に入会した時期とかさなります」

鹿取は、にらみながら訊《き》いた。

「町工場で働きだしたのはいつだ」

「ひと月前の三月です。無料の求人雑誌を見て面接に来たと」

「それ以前は住所不定のフリーターだったんだよな」

「ええ。町工場の近くのアパートに住むまで、住民登録は福島県の実家のままでした」

「アパートを借りたのはいつだ」

「面接に受かった直後です。築三十年のアパートですが、風呂《ふろ》付の一Kで家賃は五万三千円。契約時に敷金礼金をふくめ、約二十二万円を支払っています」

「給料はいくらだっけ」

「ほんと、会議でなにも聴いてないんですね」

児島があきれた口調で言い、つられるように、立山が白い歯をこぼした。

「手取りで約十五万円です」

鹿取は視線をふった。

「おい、立山。おまえの給料は」

「寮費諸々を差っ引かれて十七万円くらいです。それで生活していけるのかというご質問であれば、やっていけます。麻雀でどれほどのおカネが動くのかわかりませんが、被疑者は人づき合いもなく、酒はほとんど飲めなかったということなので、ひと月十万円でも暮らしていけたと思います」

「ふーん」

鹿取は感心まじりに返し、児島に話しかける。

「カネの出処《でどころ》だな。入会時の寄付金とアパートの契約金……それで、おわる」

「おわるって……」

　立山の声がうわずった。

「捜査が終了するってことですか」

「そうよ。共犯、教唆のうたがいはそのへんで白黒つく」

「そんな簡単にいきますか」

「面倒な事案ほど片がつくときはそんなもんよ。なあ、要」

「ええ。そうですね」

「あっ」

　立山が声をもらした。

「なんだ」

「わたしをのけ者にしようとしていませんか」

「そりゃ、するだろう。殺人犯一係と面倒をおこすなんて、まっぴらだ」

「使い捨てですか」

　立山の顔が紅潮する。

「おまえと組んだおぼえはねえ」

「児島さん、なんとか言ってください」

　立山が咬《か》みついた。

児島がうろたえながら応じる。

「だから言っただろう。鹿取さんはこういう人なんだ」

「それなら児島さんに責任をとってもらいます」

「せ、責任て……」

「捜査本部が解散するまで、陰の相棒でよろしくお願いします」

「むりだよ」

「いいじゃねえか。元はと言えば、おまえが楽をしようとしたからだ」

「楽じゃありません」

児島がむきになった。

「考えがあってのことです」

「それよ。おまえが頭を使うとろくなことにならん」

「言いすぎですよ」

鹿取は、怒る児島を無視し、立山に顔をむけた。

「俺が保証してやる。おまえは児島の相棒だ」

「ほんとうですか」

「ああ。だから、きょうはこれで別れよう」

立山の疑念のまなざしは、だが、すぐにゆるんだ。

「わかりました。では、これで」

鹿取は、立山の後ろ姿を見送ってから、児島に話しかけた。

「面倒事はいっぺんに背負うほうが、あとで楽になる」

「勝手なことを……」

「ばか。おまえのためだ。あの子を自由にさせれば公安部の餌食《えじき》になる。やつら、弱い者をたたくのが得意だからな」

「その点は注意してます。ここへくるのも遠まわりして尾行のあるなしを確認し、彼女との連絡には登録なしのケータイを使っています」

「どこまで話した」

「なにも。ようやくリーチ麻雀店にたどりついたとたん、彼女があらわれて……無視すれば須藤さんに報告されると思い、簡単な仕事を割り振りました」

「それでも用心しろ。へまをやらかせば間違いなく襟のバッジ、なくすはめになる。とにかく、しばらくはあの子を手元においておけ」

「わかりました」

「よし。それじゃ、本題に入ろうぜ」

児島が笑みをうかべて口をひらいた。

「一発の経営者、島田栄治《しまだえいじ》の義理の父親は暴力団の組長です」

「どこの」

「六本木の野原組です」

「でたらめ言うな。野原に娘はいない」

「野原組のことを知ってるのですか」

「公安のころ多少のかかわりがあった」

島田栄治に関する情報は公安総務課の酒井正浩から入手している。しかし、いまは手持ちの情報や己の行動をおしえない。児島には捜査方針の範囲内で動いてもらう。詰めの段階に入るまでは児島にリスクを負わせられない。

「野原の娘といっても、愛人の子です。認知もしていません」

「どうしてわかった」

「以前、恵比寿店で地場のやくざ者とトラブルがおきたとき、島田本人がそう言って、まるく収まったという話を聞きました」

「信用できるのか」

「複数の証言を得ました」

「そうか」

鹿取は煙草《タバコ》を喫《す》いつけた。咽《のど》がヒリヒリする。

ようやく動きだした。

そんな感覚がめばえた。

攻め時のような気もするが、不安もある。小川と島田の接点があきらかになれば、事件解明の突破口になるかもしれないが、闇《やみ》の全容を照射するのはむずかしいだろう。島田の存在など風景のなかの塵《ごみ》のようなものにすぎないのだ。

「鹿取さんのほうはどうなのです。玉井の周辺で有力な情報をつかめましたか」

「さっぱりだ。けど、いまの話で光が射してきた」

「渋谷ですね。渋谷署の所管内に手がかりが隠れてる」

「たぶん」

言いおき、席を立った。ポケットの携帯電話がふるえている。

「よう、もう会いたくなったんか」

《ひまなの。今夜は、どう》

「気がむいたら連絡する」

《いや。会って、お願い》

「あんまりむりを言うと興がさめるぜ」

《わかってるけど……》

「いまいそがしい。あとでかけなおす」

電話をきり、席にもどった。

児島が顔を近づけ、声をひそめた。

「公安部の動き、わかりましたか」

「やつらも動きづらくなってると思う」

「どういう意味です」

「光衆党が連立をちらつかせ、政府と新政党に圧力をかけてるらしい」

「先週の捜査本部の解散の話もその影響だったのですか」

「だろうな。両党のパイプ役は、光衆党の国会対策委員長で、光心会永峰教祖の秘蔵っ子といわれてる山内常夫と、内閣官房長官の国定光晴。どっちも策士だ」

「公安部もうかつに動けないというわけですか」

「質問はもういい。そっちのほうは俺にまかせておけ」

児島が肩をすぼめた。

鹿取は、外に視線をやった。

半分しか見えない空が白くなりかけていた。

いくつもの雲の塊が飛ぶように流れている。

三好組事務所に主《あるじ》の姿はなかった。

若頭補佐の松本によれば、所用で横浜の関東誠和会本部にでむいたらしい。

鹿取は、正面の空席をしばし見つめて、吐息をこぼした。

急用があって訪ねたわけではなかった。三好義人の顔を見たかったわけでもない。児島と別れたあと、足が勝手に赤坂へむいただけのことであった。それでも、森に根を張る大樹とおなじで、そこにあるべきものがなければ気分がゆれる。

松本が話しかけてきた。

「野原組の組長も大場もめだつ動きはしていません」

「野原も監視してるのか」

「はい。昨夜の大場との悶着《もんちゃく》がありますので」

「あんなもん、悶着じゃねえ。ひまつぶしの酔狂だ」

「それでもオヤジは気にしています」

「なにがあろうと、あいつらとはもめるな」

「はい。鹿取さんに危害がおよばないかぎり、約束します」

「三好組にちょっかいをだしてきてもやるな」

「それは……」

松本が語尾をにごした。

「俺のためとは言わん。ホタルのために泣いて我慢せえ。三好にもそう伝えろ」

ホタルのために。

詭弁《きべん》であろうと、禁じ句であろうと、ほかに三好を抑える言葉は思いつかない。

松本の顔に困惑の色がひろがる。

そこへ、弁護士の麦田があらわれた。

鹿取の右、松本の正面に座るや、口をひらいた。

「あいつ、古巣の警察庁にもどったほうがいいな。タカリの度がすぎる」

「築地署の署長か」

鹿取の問いに、麦田がうなずく。

「赤坂芸者のきれいどころを呼んでやったのに、つぎは熱海《あたみ》で若いコンパニオンとゴルフ付きでとほざきよった。古巣よりも刑務所がふさわしいかもな」

「署長の脛《すね》の疵《きず》、集めたんか」

「いつでも要望に応《こた》えられるが、俺の飯のタネでもあるからね」

「ぬけ目ないおっさんだぜ。で、肝心の話、聴けたんか」

麦田が眼を細め、ビールをあおった。

鹿取も、水割りのグラスに手をのばした。重要な報告をするとき、麦田が必ずひと息あけるのにはもうなれた。

麦田が笑顔のまま口をひらく。

「隠れ信者って言うんだってね。初めて知ったよ」

「署長はカクレの名前をしゃべったのか」

「いや。しかし、警察庁にも警視庁の幹部にも隠れ光心会がいると言ってた」

「そこからの指令で、片岡らをパクったんか」

「警務部長にささやかれたそうだ」

「警務……ほんとうか」

鹿取はうたがいのまなざしでにらんだ。

麦田がむきになる。

「うそをついて、俺になんの得がある」

「そう怒るな。意外だったんだ」

「俺も妙な部署からだとは思ったが、まあいい……警務部長の湯浅勝利《ゆあさかつとし》は、築地署の署長と同郷で、大学の先輩らしく、ときどき夜の銀座に誘われる仲だとか……今週の月曜に銀座のクラブで一緒に飲んでいるとき、銀座の風紀が悪くなったという話になり、警務部長から早急に取り締まるよう指示されたらしい。酒場の女たちにいい顔を見せたかったんだろうというのが署長の感想だ」

「そんなことで……」

松本があきれたように言った。

「どうせ、酒の席では署長も似たり寄ったりのことをしてるさ。そんなものよ」

麦田がわかったような顔で応じた。

鹿取の心中は穏やかではなくなった。

「その席で、三好や片岡の名はでたんか」

「女たちの口からも組織や個人の名はいっさいでなかったそうだ。つぎの日、署長は生活安全課と地域課の課長を呼びつけ、夜の銀座の現状を聴いた。多数の苦情がよせられてることや被害届があるのを知って、ただちに捜査するよう命じた」

「夜遊びの翌日に、それも、銀座でいい顔をするために片岡をパクったのですか」

松本が語気を強めた。

「みせしめの意味もあったんだろう」

「冗談じゃない」

「俺に咬みつくな。文句があるなら署長に一発かましてやれ」

麦田と松本が戯言《ざれごと》を交わすあいだ、鹿取は頭をめぐらせていた。

ほんとうにそんな他愛もないことで片岡康夫がひっぱられたのだろうか。

湯浅部長の指示はその場の思いつきだったのか。

ありえないことではない。男の見栄《みえ》とはおおむねくだらないものだ。とくに警察官僚は本籍の警察庁を離れると、古巣の威光を笠《かさ》に着て、虚勢を張りたがる。

だが、麦田の話をうのみにはできなかった。

なにより、警務部というのが気に入らない。警視庁には十の部署があって、公安部と刑事部のほかで、なにかを連想するのは警務部だけである。

「なにか気になることでも」

松本の声がした。

鹿取は、それていた視線を麦田に据えた。

「築地署の処分に警務部長はどう反応した」

「それなんだが、署長が片岡と乾分《こぶん》を不起訴にしたことを電話で伝えると、湯浅部長は機嫌の悪い声で、起訴猶予じゃないのかと、二回も念を押したそうだ」

「つまり、起訴にこだわってるわけか」

「書類送検には持ち込めると思ってたんだろうな。署長も気になって、関係部署に白タクと客引きの実態を内偵捜査するよう再度の指示をだしたらしい」

「うーん」

鹿取は低くうなり、瞼《まぶた》をとじて首をまわした。

いまさら片岡に白タク業者と客引きから手をひかせてもおそい。これから先の予見もふくめる公安部の内偵捜査とは異なり、刑事部のそれは過去と現在進行中の事案を対象に行なわれるので、つぎに逮捕状がでれば片岡は間違いなく起訴される。

その事案で、三好にまで累がおよぶのかどうか。

鹿取の不安はその一点にしぼられてきた。

「そう気を滅入らせるな」

麦田が励ますように言った。

「俺の仕事は、三好組と親分を護《まも》ることだ。いざとなれば、署長と談判する。取引できるだけの情報はすでに用意してある」

「さすが、麦田先生」

松本が声をはずませた。

「身代わりと言ってはなんだが、若頭補佐を差しだすことになるかもしれん」

「よろこんで」

松本のうれしそうな顔に、鹿取は苦笑をもらすしかなかった。

麦田が視線をくれた。

「ところで、隠れ信者の話だが、そんなに多いのか」

「それよ」

鹿取も声をはずませた。

「どんな展開で隠れ信者の話がでたんだ」

「芸者がくるまでの短い時間、俺のほうから渋谷の事件に話題をふった。犯人を撃った警察官は光心会の信者との噂《うわさ》があるとな。署長はそれについては応えなかったが、警察組織には隠れ信者がゴマンといると……言われてみれば納得できる。なにしろ、二十七万人の巨大組織だ。しかし、組織の上層部にも隠れ信者がいるとは、正直おどろいた」

「官僚ならだれでもトップに近づく可能性はある。光衆党が設立されて三十五年。隠れ信者に仕立てた若造が組織の幹部になるには充分すぎる歳月で、しかも、そのあいだ、光心会は司法や行政に網を張り巡らせてきた」

「それくらい知ってるが、警察の危機管理能力をうたがうよ。昇格や人事異動のさいに当事者の身辺調査をやってるとはとうてい思えんね」

「専門部署の公安部でさえ、隠れ信者の実態を把握しきれてないと聞いてる」

「光心会青年部の教育と指導が徹底してるわけか」

「ほう」

鹿取は眼を見張った。

「あんた、光心会の内部にもくわしいのか」

「親分の指示があれば、なんでもやる」

「ほかには」

「野原組のあれこれも調査中だ」

「先生っ」

松本が語気をとがらせた。

麦田は意に介さない。

「いいではないか。親分に口止めされたわけじゃない。いずれ、必要なときがくれば、鹿取警部補の前で報告するはめになるんだ」

松本が肩をすぼめて黙った。

鹿取は、すこし敬意をもって麦田を見つめた。

「なんだよ、その眼は」

麦田がぶっきらぼうに言った。

「あんたは先見の明がありそうだ。暴力団の顧問弁護士だから世間様には白い眼で見られるかもしれんが、生活にはこまらん。三好組は倒産しないからな」

「ふん。言わせてもらうが、俺はまっとうな弁護士だ。三好義人が影のオーナーの、正業の面倒をみてる。三好組のほうは、腐れ縁のおまけだ」

「格好つけるな。素直になれよ。あんたも三好に惚《ほ》れてるんだろうよ」

「まあな」

麦田が指先を額にあてた。

こぼれそうになる照れ笑いを隠しているふうにも見える。

妙に落ち着かない。胸のどこかがざわついている。

このところ毎晩のように寝泊りしていた中野新橋に行かなかったのは、食事処・円が定休日ということもあるが、ざわめきの正体がわからなかったからだ。

胸のあちこちに、きょう一日の出来事のすべてが棘《とげ》のように刺さっている。

渋谷署の立山加奈子の存在はめざわりだ。

いまさら立山を無視すれば殺人犯一係の須藤警部補にも渋谷署刑事課の藤崎課長にもからまれて面倒になるだろうが、かといって、児島と立山の連携がばれないという保証もない。ばれたら児島は監察官室に呼ばれ、その真意を問われるばかりか、ここぞとばかりに妻の件できびしい訊問《じんもん》にさらされるだろう。

児島にふりかかる厄難は当分つづきそうである。

三好の不在も気になる。

松本はなにかを隠しているふうにも思えた。松本は不器用な一本気質だ。四百五十名を擁する三好組の幹部でありながら、私欲を捨て、手前の組織をつくらずに、三好のそばを離れないでいる。肩書は若頭補佐でも、部屋住みの乾分とおなじようなものだ。

三好はどんな用事で横浜へ行ったのか。

頭によぎるのは神奈川県警の螢橋政嗣だ。

――しばらく螢橋は忘れたらどうだ――

田中警視監はむりを承知で言ったと思う。

――つっぱるな。君は螢橋とはちがう――

――どうちがうのですか――

――覚悟の質が異なる――

たしかに、そのとおりなのだろう。

だからなおのこと、三好の言動の裏にはハマのホタルがちらつく。

三好は、ひそかにホタルと連絡をとり合っているのではないか。

ときおり、そんな憶測さえしてしまう。

児島と話しているときに遊び相手の女が電話してきたのもうっとうしい。

これまでメールはあっても、電話で会いたいと言われたことがなかった。二度目の情交で急に恋愛感情がふくらんだとは思えないし、思いたくもない。そういうわずらわしさを避けるために出会い系サイトを活用してきたのだ。

市谷《いちがや》の自宅マンションに入るや服を脱ぎ捨て、熱いシャワーを浴びた。

それでも、胸のざわめきは消えない。

パジャマに着替えて、レコードの収納箪笥《たんす》をあけた。指物師《さしもの》だった父親の遺品が詰まっている。ほとんどは洋盤で、父の仕事場にはたえず音楽が流れていた。

LP盤をとりだし、プレイヤーにかけた。

ソファに座り、ラフロイグをグラスにそそぐ。

かろやかな音を立て、角張った氷がうれしそうにきらめいた。

ジョージ・ベンソンの『THIS　MASQUERADE』が室内にひろがる。

スタンダードジャズでも、スイングジャズでもなく、透きとおった女性シンガーでもなく、哀愁を帯びた男の歌声を聴きたくなった。神経が凪《な》いでいるときはカーペンターズのそれもいいが、今夜はこっちだ。

消毒薬のような香りが口中にひろがる。いつもならオンザロックを二杯三杯とかさねるうちに神経はゆるんでくるのだが、今夜はそうなりそうにない。

何杯目かのグラスを空けたときだった。

はっとした瞬間、頭にあるいくつかの疑念がふっと消えた。

代わりに、ひとりの男の名がうかんだ。

警視庁警務部の湯浅勝利部長である。

鹿取は、わずかなためらいのあと、携帯電話をつかんだ。

《朗報かね》

警察庁の田中一朗の声はあかるかった。

「夜分に申し訳ありません」

《君の電話ならどんな状況でもでる》

「ありがとうございます。ひとつ、お訊《たず》ねしたいことがあります」

《なんだ》
「築地署が三好組の片岡という男に手をのばしたことはご存知ですか」
《もちろん。捜査報告書も読んだが、あれに疑念があるのか》
「警視監は」
しばしの間が空いた。
《どこからの指示か知ったようだな》
「三好組には有能なスタッフがそろっています」
《顧問弁護士の麦田浩四郎か。たしかに、彼は切れる。これまでも三好組の危機を救ってきたと聞いている。しかし、麦田は官僚の体質というものをあまり理解していない》
「どういう意味ですか」
《官僚は己の欲望を満たすためにしか働かない。欲望を成し遂げるための保身の術も心得ている。あらゆる事態を想定し、保身の抽斗《ひきだし》をいくつも持っている》
「麦田の思いどおりにはならないと」
《なるわけがない。例えばの話……麦田が築地署の署長の疵をつかんでいるとしても、それが有利に働くとは思わないほうがいい》
「警察官僚の疵は警察組織の疵。だから、なにかあれば、警察組織は署長を護りぬき、逆に、三好組と麦田を徹底的につぶそうとする。そういうことですね」

《君自身が体験したことではないか》
「警務部長の個人情報をおしえてもらえませんか」
《小者はほっときなさい》
「湯浅の上にいる人物はだれなのです」
《うろたえるな》
田中のひと言が心臓を直撃した。
初めて聞く破声だった。
《いきなりてっぺんは狙《ねら》うな。まずは土俵を固めろ。勝負はそれからだ》
そうでなければ、土俵にあがる前につぶされる。
田中の胸のうちが聞こえてきた。
――今回の事件は、公安部でさえつかみきれていない闇をあばく絶好の機会だ――
先日の田中の言った闇とは警察内部をさしてのことなのか。
あるいは、そのまま、事件の背景にうごめく宗教界のことなのか。
《まよっているのか》
一転、やさしい声がした。
「はい。公安部を離れてからの時間の長さを痛感してます」
《それはちがうね》

《かつて、君は警察組織そのものに失望した。いまの部署に居心地のよさを感じているのかもしれないが、それは錯覚だな》

「えっ」

「錯覚……」

《そう。この十数年間、君は闇に背をむけて生きてきた。本能を眠らせてね》

「自分の本能は、牙《きば》を剝《む》いて生き続けることですか」

《ほかになにがある》

「どうおっしゃられようと、公安刑事にもどる気はありません」

《その必要はないし、わたしはそれを望んではいない》

「隠れ公安のままでいろと言われるのですか」

《野良犬はやせ衰えて死ぬ。君は放し飼いの犬でいてほしい》

「飼主は警視監、あなたですね」

《警察組織だ。もっといえば、この日本だ》

「自分に、飼主を咬めと……」

《好きにするがいい》

電話がきれた。

鹿取は、ぼんやりと部屋のどこかを見ていた。

胸のざわめきは鎮まっている。

きのう狸穴の料亭で田中にさしむかいになったときの、不安や恐怖もめばえない。

なぜなのか。

考えるつもりはさらさらない。

体の真ん中で芯《しん》が燃えている。

正体の知れぬ者たちが群れて踊る仮面舞踏会。

そこにまぎれているだれを狙えばいいのか。

また、『THIS　MASQUERADE』が流れだした。

氷の溶けたグラスに琥珀《こはく》色の液体をそそぐ。

ひと息で空けた。

たちまち、ちいさな炎は火柱になった。


窓ごしに陽が差し込んでいるのに、室内の空気は重く、しめっぽい。カシャカシャと機械の動く音にまじり、麻雀牌《パイ》を打つ音がひびく。

恵比寿にあるリーチ麻雀店・一発では入口付近の一卓が稼働していた。

卓を囲む四人の男のうちの三人は顔が黄ばみ、眼がにごっている。

徹夜麻雀なのはあきらかだ。

児島要は、その卓をひとにらみして、カウンターの若者に声をかけた。

「警視庁の者だが」

若者の顔色がさっと変わった。

背後で、麻雀牌の音がぴたりとやんだ。

「ちょっといいかな」

「は、はい」

若者がうろたえて奥の麻雀卓へ案内する。

「君も麻雀のプロか」

「いえ。アルバイトの学生です」

「勤務時間は」

「あの……十時から……」

しどろもどろに応える。

児島は、内心ほくそえんだ。渋谷署の生活安全課でリーチ麻雀店の営業形態のあれこれを聴き、従業員の午前の交替時刻前を狙って来たのだった。

レートの低いリーチ麻雀店の深夜営業は黙認されているとはいえ、警察官があらわれれば従業員も客も狼狽《ろうばい》する。

「俺、帰るよ」

客のひとりが声を発し、俺も、の声がふたつ続いた。

営業妨害だが、やむをえない。大森店のときとは状況が異なる。

三十分前に訪ねた渋谷区桜丘店でもおなじことがおきた。

いまごろ、ほかの店も同様の事態になっているだろう。立山には北品川店と大森店をまかせた。彼女のほうは、あくまで捜査方針に沿っての被疑者周辺の聴き込みである。

児島はダメを押した。

「徹夜の客か」

「えっ、ええ、まあ……」

若者の眼がはげしくゆれた。

「いいさ。正直に応えてくれれば問題ない」

「なにを……」

「君はバイトをはじめてどれくらいになる」

「半年です」

「もっと長い人はいないの」

「石井《いしい》さん」

呼ばれた四十年配の男がやってきた。麻雀を打っていたひとりだ。

「サブ店長の石井さんです」

若者がほっとした顔で腰をあげた。

その椅子《いす》に、石井という男が不安そうな表情で座る。

「あんたは何年いる」

「四年になります」

児島は、小川利次の写真を見せた。

「この男、知ってるな」

「えっ」

「新聞かテレビで見たんじゃないの」

「あっ……そうですね」

強張《こわば》った顔がぎこちなくゆるんだ。

「この店でも見覚えがあるよね」

「いえ……いや、似たような人は……」

「はっきり言え」

児島は乱暴に言い、にらみつけた。

石井がうなだれる。

「口止めされてるのか」

言いおわる前にドアの開く音がした。

ふりむくや、若者の背にも怒声を浴びせる。

「でるな。ケータイを使うんじゃない」

若者がカウンター内に入るのを見届けて視線をもどした。

「この男の名は」

「お、小川さん」

「いつごろまで来てた」

「二、三年前まで……」

「初めて来たのは」

「自分が働きだしたときはもうお客さんでした」

「それ以前のことを知ってる従業員はいるのか」

「店長……社長の甥《おい》っ子で、オープンからいます」

「社長は。桜丘に二号店をだすまでは毎日のようにここへ来てたと聞いてるが」

「勘弁してくださいよ」

石井が眉《まゆ》をひそめた。

「よけいなことをしゃべるとクビになります」

「自分も、仕事をしなければ首が飛ぶ」

「そんな……」

「あんたの証言は内緒にする。社長に口止めされたんだな」

石井がぶるぶると顔をふった。

「いえ。店長です。渋谷ハチ公広場での事件の翌日、もし警察の人が訪ねてきても、小川さんのことは知らないと言うように指示されました」

「理由は」

「警官やマスコミの人がくればお客さんが逃げると」

「あんたが口をつぐんでも、小川を知ってる客がいるんじゃないのか」

「ほとんどいません。リーチ麻雀店はお客さんの入れ代わりがはげしいので」

「死ぬわけか」

「ええ、まあ。それに、桜丘のオープン時にルールを変更して客筋も変わりました」

「店長は何時にくる」

「十時です」

石井の声に若者の声がかさなった。

「おはようございます」

児島は、椅子を回転させた。

ドア口で長身の男が足を止めた。

いやな雰囲気を察したのか、細面の表情が見る見る硬くなる。

児島は勢いよく立ちあがり、彼との距離をつめた。

三時間後、児島は、新宿通にある喫茶店で鹿取に会った。

つい五分前まで鹿取の席には渋谷署刑事課の立山加奈子が座っていた。

リーチ麻雀店・一発の恵比寿店の店長を近くのコーヒーショップに連れだし、執拗《しつよう》な訊問をしたあと、立山と待ち合わせたのだった。

彼女と会うのは捜査区域からはずれた場所にかぎる。公安部の連中の眼が気になるので地下鉄とタクシーを利用し、周囲の人物には細心の注意を払っている。

面倒だが、立山を身近においておくにはそうするしかないのだ。

必要のない報告を聴いてやるのも自分の責務だと割り切っている。

鹿取がランチメニューを見ているあいだ、児島は店内をじっくり観察した。

ひろい店内はほぼ満席だが、大半は中高年の女性客で、男は三、四人しかいない。彼らの顔はしまりがなく、刑事の眼つきとはあきらかに異なる。鹿取のあとに入店した者はいないし、ウインドーの外にそれらしい人影も見えない。

「立山、気があるんじゃねえか」

鹿取の声がした。

「さっき、スキップするように歩いてたぜ」

「見てたんですか」

「おまえらがドジを踏まないか、心配でな」

「踏んだらどうするのです」

「立山をどこかに隔離する。ついでに、おまえも一緒に閉じ込めてやる」

「どうして、そんな発想になるのですか」

「おまえのためだ。立山な、ガキっぽいが、なかなかいい女だぜ」

「冗談はやめてください。それでなくても彼女には神経を使ってるのです」

本気でむっとして言った。

鹿取の顔から笑みが消えた。

「尻尾《しっぽ》をつかめたか」

「ええ」

児島はこくりとうなずき、言葉をたした。

「被疑者の小川利次とリーチ麻雀店の経営者の島田栄治は面識がありました」

「島田の店の客だったんだな。どこの店だ。いつ知り合った」

鹿取が早口で訊《き》いた。

にわかに胸が高鳴る。せっかちな鹿取を初めて見た。

児島は、恵比寿店の店長とのやりとりを思い浮かべながら口をひらく。

「小川は五年前の三か月くらい、恵比寿店でアルバイトをしていたそうです。やめたあとも、ひと月に二、三回、客として遊びに来ていたと。オープン当初からいる店長の証言なので間違いないと思われます」

「よくしゃべったな」

「えっ」

「店長は島田栄治の甥っ子だ」

「知ってたのですか」

顔が熱くなる。本気で腹が立ってきた。

「どうして黙ってたのですか」

「きのうの夜、ある筋から情報が入った」

「信じられません」

「信じなくてもかまわん。続きを話せ」

児島は冷水を飲んで間をとった。

「小川と島田がどの程度の仲なのか、店長は知らないとつっぱねて……」

「呼ぶなよ」

「えっ」

「渋谷署にはひっぱるな」

「恵比寿店は深夜営業をやってる。生活安全課に協力してもらって事情聴取をかければ素直にしゃべると思いますが」

「それでどうなるものでもない」

「店長の証言を元に島田をゆさぶれば……」

「あまいわ」

「どうして……小川と島田の関係をあきらかにすれば背景が見えてくるかも」

「島田は絶対にしゃべらん。かりに小川とのつき合いを認め、俺たちがそのウラを固めたとしても、事件の全容が解明できるわけじゃない」

「立山に言ったように、共犯、教唆の白黒はつくでしょう」

「そんなもん、捜査本部解散の口実になるだけだ」

「いいかげんにしてください」

児島は唾《つば》を飛ばした。血管が切れそうだ。

「なにを隠してるんですか」

「隠してない。何度も言わせるな。へたに動けばつぶされる。おまえも、この俺もな」

「それでもやらないよりはましです。これに……」

児島は、襟のバッジをつかんだ。

「恥じるようなまねはしたくない。捜査一課の仕事ができないのなら、監察官室に呼ばれる前に辞表を書きます」

「ガキみたいなことをぬかすな」

「ガキで結構。捨て身の覚悟であばれてやります」

鹿取が顔をしかめた。

児島は、まばたきもせずに鹿取を見つめた。

ややあって、鹿取が息を飛ばした。

「野原組の資金源は光心会だ」

「……」

声にならず、眼が飛びでそうになった。

「雀荘の開店資金をだしたのは野原達三だ。島田は三十すぎまでプー太郎だった。野原の娘がやつに惚れ、子どもができて、見かねた野原が資金を援助したってわけだ。やくざ者の野原も孫の顔を見て、情が湧《わ》いたのだろうよ」

「小川のカネの出処も……」

「それを調べるのが当面のおまえの仕事だ」

「わかってます。でも、合点がいきません。小川は光心会ではなくて、極楽の道に入会していたのですよ」

「政治とおなじで、あの世界も複雑なんだ」

「そうか」

　思わず声がはずんだ。

「カクレってスパイですよね」

「なかには二重三重の隠れ信者もいる」

「小川がそれ……」

「どうかな。どっちにしても小川の正体をあばかなければどうにもならん。小川と島田……つまりは、小川と野原……その関係がわかれば、小川と渋谷署の玉井との接点のあるなしもあきらかになるかもしれん」

「小川と島田の関係に全力をそそぎます」

　児島はきっぱり言った。もう沸騰した血は鎮まっている。

　鹿取が淡々と話しだした。

　野原組と光心会との関係や、野原組幹部の大場友之とひと悶着あったことなどを、児島は眼を白黒させながら黙って聴き入った。

　鹿取が煙草をふかしたあと言い添える。

「話のついでにおしえてやる。三好組もおまえ以上にあぶない状況だ」

「ええーっ。どうして」

「昨年暮れの官僚射殺事件の捜査で、公安部は俺と三好の連携を知った。公安部だけじゃない。警視庁のお偉方も三好組には神経をとがらせてる」

「公安部の監視下にあるのですね」

「その程度じゃない。いざとなれば三好組をつぶしにかかる腹だ。先週のはじめ、三好組幹部の片岡がくだらねえ罪状でパクられた。さいわい不起訴になったが、それも三好への警告だったと思ってる」

「そんなことがあったのですか。それで、三好の親分は」

「あいつの気質はおまえもわかってるだろう」

「腰をひくような人じゃない」

「いまのところは黒子に徹してくれてるが……」

鹿取が語尾を沈めた。

ハッとした。いきなり、あの男の顔と名前がうかんだ。

「ホタルさん、まだ行方不明なのですか」

鹿取がちいさくうなずく。

児島は口をつぐんだ。

はずかしい気分になった。神奈川県警の螢橋が姿を消したことは鹿取に聴いた。鹿取も三好も、ずっと螢橋の身を案じているにちがいなかった。それなのに自分は、仕事と妻の件で頭が一杯になり、螢橋を失念していた。

「ホタルは生きてるさ」

鹿取がやさしい口調で言った。

児島には、己に言い聞かせているようにも、自分を気づかっているようにも感じた。

螢橋とのあれこれが断片的にうかんでは消える。

細切れの映像にしかならないのは、自虐的ともいえる彼の行動に強く惹《ひ》かれながらも、彼の本質の部分をわかっていないせいかもしれない。

鹿取や三好はちがう。

とくに三好は、なんの見返りも求めず、ひたすら献身的に接していた。三好と知り合ったころは、どうしてやくざ者が陰となり手足となって、公安刑事に尽くすのか不思議でならなかった。たぶん、その思いはいまも胸のどこかにひそんでいるはずだ。

鹿取はどうなのだろうと思い至ったとき、声が届いた。

「立山はなにをしている」

「しばらくは須藤警部補から離れるなと伝えました」

「須藤が感づいたのか」

「さあ。立山はまったく無視されたままで、自分がどんな捜査をしてるのかも興味なさそうだと……それが逆に気になって」

「正解だ。須藤は己の勘だけで刑事をやってるような男だからな」

「もしばれたらどうしましょうか」

「強行犯三係にスカウトするさ」

「それもいいですね。鹿取さんの女癖が治るかもしれない」

児島は眼で笑った。鹿取の放言にすこしは冗談で返せるようになってきた。

渋谷署の正面玄関の階段をのぼろうとして、ひき返した。

こんなときに。

児島は胸のうちでぼやき、携帯電話を耳にあてた。

妻の洋子が電話をかけてきたのは何か月ぶりだろう。

《まだわたしを愛してる》

「はあ」

《わたしはあなたを愛してる》

「そんなことを言うために電話してきたのか」

児島はぞんざいに返した。そんなことがあろうはずはない。

《いま、どこ》

「捜査本部にもどったところだ」

《渋谷署ね》

嫌味に聞こえた。以前に自宅で話したとき、児島は面倒になるのをおそれて杉並署に出動しているとごまかした。そのあとで極楽の道東京支部を訪ねて支部長の原口博文と面談したのでうそがばれるだろうとは思っていたが、言い方が癪《しゃく》にさわった。気まずい思いにならないのは愛情がさめた証《あかし》なのか。

児島は強く頭をふった。そんなことに気をとられている場合ではない。

新宿の喫茶店で鹿取と話しているさなかに、星野理事官に呼びつけられたのである。

「それがどうした」

《わたしがそっちへ行くから、会えない。すこしの時間でいいの》

「むりだ。これから会議がある」

《じゃあ、ひとつだけおしえて》

「なにを」

《極楽の道がうたがわれてるの》

「えっ」

《あなた、光衆党の幹事長が殺された事件を担当してるのでしょ》

「おまえはもう刑事の亭主を愛してないようだな」

《どうしてそんなことを言うの》

「昔のおまえは俺の仕事の中身を訊かなかった」

《今回は例外よ。極楽の道とあなたがピンチに立たされてるんだもの》

「俺にピンチなんてない」

《強がらないで。あなたを護れるのは、世界でただ二人、お慈悲深い教祖様と、あなたを愛し続けているわたしだけなのよ》

もういい。うんざりだ。

児島は、そう言いたいのをこらえて電話をきった。

「よう、要」

ふりむいた先に、強行犯三係の丸井係長が立っていた。

「きょうも収穫なしで、早々の帰還か」

丸井が階段をおりてくる。

児島は、すばやく周囲に視線を走らせ、丸井の腕をとった。

歩道橋を渡り、ビルのなかにある喫茶室に入った。

捜査本部が立ちあがって以降、丸井とはろくに話をしていなかった。

丸井はいまも渋谷署地域課の玉井巡査部長の事情聴取につきっきりなのだ。

児島は腕時計を見た。星野との約束の時刻まで十七分ある。

丸井が話しかける。

「約束でもあるのか」

「星野理事官に呼ばれました」

「どうして」

「さあ」

とぼけるしかない。星野とのこれまでの経緯を話したのは鹿取だけである。丸井を上司として信頼しているけれど、面倒事を相談するつもりはない。それでなくても丸井は身勝手な個性派ぞろいの三係を束ね、幹部連中との衝突をさけるのに腐心しているのだ。

「おしえてください。玉井の事情聴取はどうなってるのですか」

「おわったよ」

「えっ」

「さっき、拳銃《けんじゅう》使用の正当性が認められた」

「供述のウラ取りも万全に済んだのですか」

「一応な。多少の疑問点は残るが、正当性をくつがえす根拠はなにもない」

「グレイのまま幕をおろした」

「そうつっかかるな。極秘の捜査には限界がある。これ以上結論を長引かせれば、マスコミがあらぬ推測を立て、世論をあおりかねない」

「そっちのほうが上層部の本音ですね」

丸井が肩をすぼめた。

「おまえはなにをしてる。理事官に呼ばれた理由、心あたりがあるんじゃないのか」

「ご存知なのでしょう」

「ん……ああ、家庭内トラブルか。しかし、なんで理事官が……」

「係長は、理事官をどう評価されてるのですか」

「評価なんて、柄じゃない。官僚様は別世界と思ってるからな。長くても二、三年の方々だから、おまえらのことをどう言われようと聞き流し、なんとかとりなせてるんだ。それでも、胃薬は手放せなくなったけどな」

「感謝してます」

「健気《けなげ》なことを言うな。気色悪い」

丸井が眼を細めた。

三係の係長になって二年、丸井の頬《ほお》が削《そ》げたように思う。

児島は臍《へそ》に力をこめた。ひと言だけ伝えたくて丸井の腕をとったのだった。

「いざというときは、自分を見捨ててください」

「お、おい」

丸井が声を発したときはもう立っていた。

――わたしが警視庁にいるのはあと一年、長くても三年だ。仲間意識など持ったところで、よけいな荷物になるだけだ。疵をつくらずに古巣へもどる。それしかない――

先刻の丸井の言葉に、星野の発言がかさなった。

あれは本音だろうか。

児島は、苦手の歩道橋を渡ったところで足を止め、正面の渋谷署を見あげた。

先週の、署長室での星野とのやりとりは頭にきざみつけてある。

――鹿取さんは疵の原因になるおそれがあると――

――やっかいな男だが、疵にはならんさ。あいつの存在が警察組織の疵なんだ――

あのあと、誘導訊問にひっかかり鹿取の思惑を悟られてしまったが、別れ際の星野の言葉は意外で、なぞめいて聞こえた。

――前言をあらためる。君と鹿取の活躍に期待する――

星野は警察官僚にありがちな腰掛け気分でいるのではなさそうだ。

腹にイチモツをかかえている。

その思いは強くある。

児島は、階段を駆けあがった。


来客用の応接室に入るなり、背筋に緊張が走った。

待ち受けていた星野に突き放すような眼つきでにらまれた。

児島は、静かに腰をおろした。

「そんなに監察官室に行きたいのか」

星野が抑揚のない声で言った。

「いきなり、なんの話ですか」

「よその係の者と手を組むなんて、およそ君らしくない」

「……」

体が固まり、心臓があばれだした。

「鹿取の指示か、それとも……ひとめ惚れかな」

「冗談を……いったい、どこからそんな情報を……」

「わたしもアンテナの二、三本は持ってる。鹿取にはおよばないがね」

「どうされるおつもりです」

「認めるのか」

「はい。自分の捜査の邪魔になりそうだったので、やむをえず連携しました」

「その話、聴かなかったことにする」

「なぜですか」

「忘れたのか。君と鹿取の活躍に期待すると言ったはずだ」

「それにしても……」

ようやく肩の力がぬけた。

「いつも鹿取さんの名前を口にされますね」

「気になる男だ」

「理事官にとって、どんな存在なのですか」

「あいつは警察組織の疵だが、わたしの敵ではない。もちろん、味方でもない。味方につけたいとも思わん。ただ、警察組織にとって必要悪であることは認めている」

「自分は、鹿取さんを悪人とは思っていません」

「見識の相違ということにしておこう」

星野が茶をすすって間を空けた。

「捜査は進んでるか」

「そう自覚しています」

児島は慎重に言葉をえらんだ。

「残された時間はすくない」

「玉井巡査部長の無罪放免が決まったそうですね」

「わたしは処分保留と受け止めている。事件発生から一週間がすぎ、公式見解を先延ばしするわけにはいかなくなった。捜査会議でも発言したとおり、マスコミがうるさく騒ぎ立て、玉井への事情聴取の内容をおしえろとの要望が殺到している」

「永田町からの圧力は」

「君には関係ない」

星野がぴしゃりとはねつけた。

「いずれにしても、玉井の処分決定は捜査本部の早期解散につながるだろう」

「理事官は早期の解散に賛成なのですか」

「ん」

「金曜日の会議で、坂上課長が捜査継続の方向で記者会見に臨むと断言したとき、理事官は渋い表情をされました」

「さすがだな」

星野が余裕で返した。

「賛成の理由を聴かせてください」

「解散に賛成というわけではない。継続を主張するならそれなりの理由と手順が必要だと思っている。課長はいささか強引すぎた。鹿取との猿芝居は見え透いて不愉快だった」

「あれが猿芝居……」

「知らなかったのか」

「はい」

星野が表情をゆるめた。

「君はほんとうに表の一面だけで生きてるんだね」

「頭を使うのが苦手で、面倒くさいのです」

「さしずめ、必要善か」

「必要でない善もあるかと」

「山ほどあるさ」

星野の表情がさらにゆるんで笑みがこぼれた。だが、すぐに引き締める。

「そんな話はともかく、きょうかあす、課長は記者会見をやらされる」

「やらされる……だれに」

「上層部にきまってる」

「その場で、捜査本部の解散を宣言するのですか」

「課長の性格からして、近々にとの条件をつけるだろうな」

「近々の期間は」

「二、三日……課長が体を張って抵抗しても今週いっぱいか。つまり、わたしが君と鹿取に期待するのもそれまでということになる」

むりです。

そのひと言は奥歯でかみつぶした。S1Sに生きる男の意地がある。

「捜査本部継続を主張できるだけの情報をあつめられるか」

「なんとかします」

児島は、言ったあと、空唾《からつば》をのんだ。

「理事官は、玉井の件を処分保留と言われました。その真意をおしえてください」

「真意などない。君たちがよく使う刑事の勘みたいなものかな。わたしは、時間のあるかぎり、玉井の事情聴取に立ち会った。その場の風景と雰囲気で感じたものがある」

「具体的には」

「言えば君らの仕事のさまたげ……予断になる」

「この期におよんでは予断もヘチマもないと思いますが」

「弱音は聴きたくない。鹿取と二人でこの難局を打ち破れ」

また鹿取さんか。

胸のうちに疑念がうかんだ。

星野はなぜ自分ひとりを呼びつけるのか。

自分は鹿取への伝書鳩《でんしょばと》なのだろうか。

児島は、ゆれる気持ちをおさえて口をひらいた。

「ひとつ、ぶしつけな質問をさせてください」

「なにかね」

「坂上課長と理事官の仲はどうなのですか」

「君にはどう見える」

「外見上は好対照です。課長は激情タイプ、理事官はひたすらクール……」

「ふーん」

星野が薄く笑った。

「でも、胸に秘めた熱情は共通してるように思えてきました」

「熱情なんて持ち合わせてない」

「警察官としての矜持《きょうじ》はおありですよね」

「さあ。課長との仲もふくめて、想像にまかせる」

星野が立ちあがる。

児島は黙って星野を見送った。

自分をどうしようとしているのか。

星野と会うたび、胸裡《きょうり》に素朴な疑念がひろがる。


おっ、と声がもれそうになった。

うつむきかげんで女が近づいてくる。

それでも、喫茶店にいる客の眼をうばった。

ダークブラウンのスカートの上で、ジャケットのレモンイエローがあざやかだ。胸元にのぞくオレンジのタンクトップも男の気をそそる。

鹿取は得をした気分になった。

一週間前の地味な谷村宣子とはまるで別人である。美形なのはわかっていたが、身なりを調えるだけでこれほど豹変《ひょうへん》する女もめずらしい。

宣子がアイスティーを注文するや、声をかけた。

「デートの邪魔はしたくない。さっそく質問をはじめるぜ」

「ええ」

ななめに見る眼つきに艶《つや》がある。

鹿取は、ふいにめばえた照れを隠した。

「麻雀店を経営する島田栄治は西東京信用金庫の顧客だよな」

「そうです。わたしが恵比寿店に勤める前からのお客様です」

「よく知ってるのか」

「以前は窓口で短い会話をしていましたが、最近はお見かけしません」

「玉井と、島田の話をしたことは」

宣子が首をふる。

「お客様のことはだれにも話さないのが銀行員の心得です」

「玉井の口から島田の名がでたことはないか」

「ありません」

鹿取は、ポケットから三枚の写真をとりだした。上には小川利次の顔写真がある。

「この男に見覚えは」

「この人……」

宣子が声をひそめた。

「あの事件の犯人ですよね」

「そうだ。よく見てくれ。テレビや新聞以外で……店とかで会ったことはないか」

写真を見つめたまま、宣子が首をかしげる。

「記憶にあるのか」

「テレビのニュースで見たときも、だれかに似てるような気がしたけれど……」

「こっちはどうだ」

鹿取は、小川の写真をすべらせた。

「この男は」

「島田さんが経営されてるお店の店長さん」

宣子がさらりと応えた。

「毎日のように売上の入金とか両替にみえられて、たまに声をかけられます」

鹿取は、また写真をすべらせた。

「あっ」

宣子が声をもらした。

三枚目は玉井治の、五年前の写真である。いまより顔がまるく、短髪だった。

「つながったか」

「えっ」

宣子が顔をあげた。

「三人のだれかと、だれか」

「いえ。わたし、玉井さんの写真におどろいて思わず……」

「そんなもんさ。玉井がきょうのあんたとすれ違っても気づかないだろうよ」

宣子の頬がうっすら色づいた。

「玉井だが、モバゲーが唯一の趣味だったんだよな」

「部屋で一緒にいるときのことですが」

「麻雀のゲームはやってたか」

「ときどき……でも、わたしはぜんぜんわからなくて」

「実際に麻雀をやってるとか言わなかったか」

「聞いたことありません」

宣子の顔に翳《かげ》がさした。玉井のことは思いだしたくもないのか。

「サンキュー」

鹿取はあかるく声をかけた。

「いい恋、しなよ」

「恋なんて……同僚に誘われて、これから合コンなんです」

「もてるぜ、きっと。野郎ども、あんたの独り占めだな」

「そんな。でも、うれしいです。こわい刑事さんだと思ってた」

宣子が笑った。

右の口元にえくぼを見つけた。

「それ、隠すなよ」

「えっ」

「えくぼ、かわいいぜ」

「もう……からかわないでください」

宣子が流し眼でにらむ。

やはり、瞳になんともいえない艶がある。


顔はふてくされていても、階段を踏む足音はかろやかだ。

食事処・円の女将の高田郁子は、料理を運んでくるたび児島に声をかける。

鹿取はといえば、まったく無視されている。

たった四日のあいだ顔を見せなかっただけなのに、ひとつ屋根の下で寝ても枕をならべることはなくなったのに、それでも邪険にあつかわれている。

もうなれた。鹿取も平然と構えている。郁子の機嫌をとりなそうとは思わない。

料理のほとんどが消え、児島が箸《はし》をおいた。

「どうせ、電話一本かけてないんでしょう」

「かけなきゃいけねえような女は相手にせん」

「女将さんは別格だと思いますが」

「ふん」

鹿取は酒をあおった。

日本酒をのめば郁子の胸のうちはわかる。

今宵《こよい》は吉野川の常温。閉店のあと、二人で酌み交わすときの酒である。

「鹿取さん」

児島の顔が神妙になる。

「星野理事官の胸のうち、読めますか」

料理がそろう前に、児島は星野とのやりとりを話してくれた。

「取調室の風景と雰囲気……やつはそう言ったんだな」

鹿取は念を押した。

児島が食べているあいだ、ずっと思案していた。

きわどい話をするとき、星野は遠回しの言い方をする。

先々の面倒事を想定しての保身のためか、あるいは、自分や児島と一定の距離を維持しておきたいのか。いろいろな理由が考えられるけれど、ひとつたしかなのはなにかを伝えたかったということである。

——君と鹿取の活躍に期待する——

児島にむかって吐いた言葉は信じられる。

一度目は渋谷署の署長室に呼びつけておどし、二度目のきょうは応接室でなぞめいた言葉を投げかけたという。

児島の推察どおり、星野の頭のなかには自分がいて、なんらかの成果を期待しているのだろう。すくなくとも、自分らの捜査の妨害をしたり、攪乱《かくらん》しようと企んでいるとは思わない。星野は、児島の妻の件ばかりか、立山の職務違反の事実をつかんでいる。こちらの動きを封じたければそれを有効に使うはずである。

児島がこくりとうなずき、ややあって、口をひらいた。

「取調室の様子……ここへくる前に丸井係長に電話で確認しました。玉井治への訊問は一貫して渋谷署の捜査一係長が行ない、星野理事官と丸井係長はほぼ常時で、理事官と係長が二人とも不在のときはなかったそうです。ほかに、渋谷署地域課の鈴木課長と、警視庁警務部人事第二課の堀内管理官が立ち会っていたと」

「最初のままか。途中で参加した者はいないんだな」

「ええ。坂上課長ら幹部がときおり様子を見にくるくらいで、長時間の訊問に立ち会った者はいなかったそうです」

「二分の一か」

「えっ」

「おまえ、地域課の鈴木課長の身辺を洗え」

「えええーっ」

児島がのけぞった。

「事件当日、渋谷署の地域課は総動員体制で街頭演説の周辺警護にあたった。だから、玉井があの場所にいたのも当然で、むりに意図的なものをさがす必要はない。だが、取調室で気になる人物がいたとすれば、それは鈴木と堀内のどちらかになる」

「鹿取さんは堀内管理官を調べるのですか」

「ああ」

「どうして……人事第二課は警部補より下の警察官の人事を担当してるのだから、玉井の取り調べに立ち会うのは当然だと思いますが」

「俺が気にしてるのは警務部、それも、警務部長の湯浅勝利という野郎だ」

「その口調……」

児島がにやっとした。

「前々から狙ってたようですね」

「三好組の片岡が築地署にひっぱられたのは湯浅のささやきがきっかけだった」

鹿取は、麦田弁護士の情報をかいつまんで話した。

話しているうちに児島の瞳が輝きを増した。

「警視庁の警務部長が隠れ光心会……」

「確証があるわけじゃない。が、堀内は湯浅の腰巾着《こしぎんちゃく》ともいわれてる」

言いながら、田中警視監との電話でのやりとりを思いうかべた。

――警務部長の個人情報をおしえてもらえませんか――

――小者はほっときなさい――

――湯浅の上にいる人物はだれなのです――

――うろたえるな――

田中の破声はいまも胸裡に響いている。

――いきなりてっぺんは狙うな。まずは土俵を固めろ。勝負はそれからだ――

最後の言葉は己への戒めにしている。

闇の妖怪《ようかい》との勝負に自戒も自制もいらないけれど、己ひとつの身で勝負の片がつくわけ

のプー太郎にもどるばかりか、己の身もあぶない」

「では、どうするのですか」

「店長を締めあげろ」

「えっ」

「小川はアルバイトをやめたあとも、客としてかよってたんだろう。店長は小川と接する機会が多かったはずだ」

「店長の証言をひきだせれば、島田をひっぱってもかまいませんよね」

鹿取は眼をとじ、首をまわした。

判断がむずかしい。野原達三の存在が気になる。

まともな訊問では、野原に累がおよぶことは話さないだろう。

しかし、背後関係はあきらかにならなくても、島田の証言を捜査本部の継続捜査に結びつけることは可能だ。渋谷署の玉井が無罪放免になったいま、それまでとは一転し、共犯や教唆に関する情報が捜査継続の理由にはなる。

自分が強引に攫《さら》えばすべてを自白させる自信はあるけれど、野原組がどうでるか。

三好組に攻撃を仕掛ける危険もふくらむ。

厄介事が増えれば、敵が防御を固めるのは火を見るより明白で、田中警視監の要望に応えられなくなるかもしれない。

「なにを迷ってるのです」

児島の声が決断を急がせた。

「よし。おまえの判断にまかせる。ただし、やる前には星野の許可を得ろ」

「理事官に……大丈夫なのですか」

「賭《か》けにリスクは付きもんだ。星野と連携すれば、失敗したときのおまえのダメージもすくなくて済む」

「たいした策士ですね」

児島が感心したように言った。

鹿取は手酌で酒を飲み、顔を横へむけた。

部屋の片隅にピンクのスエットがたたんである。

思わず苦笑がもれた。

同時に、テーブルの携帯電話が鳴った。丸井係長からだ。

「はい、鹿取」

《要はどこにいる》

丸井が早口で言った。あせっているようにも、怒っているようにも聴こえた。

「さあ。電話、つながらないんですか」

鹿取は、言いながら、児島にむかって親指を立てた。

《呼びだし音は鳴るんだが、でない》

鹿取は時計を見た。まもなく午前零時になるところだ。

児島が脱いだ上着をさぐっている。

「こんな時刻になにがあったんです」

吐息に続いて、声が届いた。

《おまえ、麻雀店を経営してる島田栄治という男を知ってるか》

「その男が、なにか」

《自殺した。自宅マンションの八階から飛び降りた》

「……………」

声がでない。思わず眼をつむってしまった。

《知ってるんだな》

丸井が声を荒らげた。

鹿取は、おおきく息をつき、動揺を鎮めた。

「ほんとうに自殺なのですか」

「女房が飛び降りる瞬間を目撃してる」

「どうして要を……それより、なんで島田の自殺を知ったんですか」

《殺人犯一係の須藤が、ひそかに島田の周辺を洗っていたそうだ。きょうは島田を尾行し

ていて、自宅に救急車が来たのを見て部屋に飛び込んだと言ってる》

「へえー」

釈然としない思いが声になった。

《へえじゃない。要は、きょうの夕方、島田に訊問をかけてる。恵比寿店の店長が証言したので間違いない。おまえは知らんのか》

「聞いてます。それで、要をどうしようと」

《事情を聴く。須藤が怒り狂って……一係の係長と渋谷署の藤崎刑事課長も手ぐすねひいて待機してる。もうすぐ坂上課長も到着する》

「よく理解できませんね。連中、自殺の原因が要にあると思ってるのですか」

《そうなんだろう。なにしろ、家族以外では、要が最後の接触者らしい》

「島田が帰宅したのは」

《十時すぎだったとか。そのあとすぐに自分の部屋にこもり、なかなかでてこないので、女房がのぞいた。そのときはベランダをまたいでいたとか。十一時ごろのことだ》

「その程度で要を……くだらん」

《ばかもん。そんな言い方があるか。とにかく、要をすぐこっちによこせ》

電話がきれた。

すかさず、児島が声を発した。

「いち早く現場に着いたのはだれです」

鹿取はすこし安堵した。児島もおなじ疑念を共有したようだ。

「殺人犯一係の須藤。やつは島田に網を張っていた」

「……」

「予断は持つな」

「わかってます」

児島の眼が熱を帯びている。

鹿取はうなずいて返し、酒をあおった。

第四章

逆三角形に凸凹がある。

野原組の野原達三組長はそんな顔をしている。

眼《め》を合わせた瞬間に、公安刑事時代に会ったときの印象はあっさり消え去った。いまは死神が生命にしがみついているように見える。それでも、薄い皮膚には張りがあり、眼には他人を威嚇する強さがひそんでいる。

野原は、パジャマの上に深紅のガウンを羽織ってあらわれた。

港区白金のマンションを訪ねたところである。

「ずいぶんのんびり構えてるな」

鹿取はからかい口調で言った。

野原が左手でゆっくり頬《ほお》をなでる。

「あんた、朝っぱらから喧嘩《けんか》を売りに来たんか」

「一応、世間の常識に合わせて九時まで我慢した」

「うちの大場には夜討ち、俺には朝駆け。元公安の札つき刑事のわりには勤勉なようだ。

なあ、鹿取さんよ」

「てれるぜ。褒められるのになれてないからな」

「ふん。いったいなんの用だ。大場にもくだらねえおどしをかけたらしいが」

「おどしをかけられたのはこっちのほうだ。で、いたずら半分の仕返しをしてやった」

「俺への伝言つきでか」

「気にしてるんか」

「冗談言うな。俺は来年で七十。せまい世界で五十年も生きてきた。どんなご縁も大事にしてきたおかげだと思ってる」

「娘婿との縁はばっさり切ったようだが」

「意味がわからねえな。けど、本音を言えば、栄治にはがっかりした。どんな厄介事をかかえてたのかは知らんが、この俺の娘が惚《ほ》れた男が自殺とは……それも、自宅から飛び降りるなんざ、女のやることだ。みっともなくて葬式にも面をだせねえよ」

「そうかな。ほっとしてよく眠れた面をしてるぜ」

「なにっ」

野原の口元がゆがむ。

鹿取は顔をちかづけた。

「光心会にささやかれたか」

「てめえ、殺すぞ」

「やれるのか。七十年も生きのびたやくざ者に人は殺せんだろう」

「どうかな」

野原が表情をゆるめ、ソファに背を預けた。

「その威勢のよさ、三好組のおかげか」

「俺はひとりだ。だれともつるまん」

「そのわりには気にしてる。大場に、三好組は相手にするなと言ったそうだな」

「狙《ねら》ってるのか」

「それも大場が応《こた》えたはずだ。売られた喧嘩は買うと」

「俺の応えもおんなじ……信用しとく」

「用が済んだのなら帰ってくれ」

「肝心な話はこれからよ」

鹿取は煙草《タバコ》を喫《す》いつけ、仕切り直した。

「光衆党の衆議院議員、山内常夫とはいまもつき合ってるらしいな」

「何度も言わせるな。俺は人との縁だけで生きてる」

「警察はどうだ」

「はあ」

「渋谷署にお友だちはいるか」

「いねえな。俺の島は麻布署の所管だ」

「渋谷署の藤崎刑事課長は、あんたが光心会の汚れ仕事に精を出していた十五、六年前まで、麻布署のマル暴刑事係長だった」

「そんな野郎いたかな。喧嘩腰は健在なんだが、記憶が耄碌《もうろく》しちまった」

野原がまた頬をなで、そっぽをむいた。

したたかな野郎だ。

その印象は昔と変わらない。

しかし、この場で追い詰めようとも、怒りを誘発しようとも思わない。

大場のときとおなじである。

今回は、野原をつうじて光心会にゆさぶりをかけたかった。


黒のベンツのそばで、三好組若頭補佐の松本裕二が仁王立ちしていた。

先夜とは顔つきがちがう。いかつい顔は青白い。

野原を監視する乾分《こぶん》から一報を受け、すっ飛んできたのか。

鹿取は、携帯電話で短いやりとりをしたあと、車に乗り込んだ。

助手席の松本が半身をひねった。

「ご無事で、なによりです」

「よけいな……」

鹿取は言いかけて、やめた。さすがに気がひける。

「心配かけて悪かった。だが、二度と表に面をさらすな」

「はい」

素直に応えた松本の顔がいくぶんかほころんだ。

「この車、予定は」

「ありません。当分、鹿取さんのために空けておくよう指示されてます」

「それなら半蔵門の国立劇場へ行ってくれ」

車が走りだしても松本は顔をむけたままだ。

「三好はもどって来たんか」

「あしたの夜になるそうです。ほんとうはきのうの予定だったのですが、黒田の伯父貴《おじき》が船に乗りたいと言われたらしく……退院して初めてのクルーズだそうです」

「ふーん」

鹿取はそっけなく返した。

三好の不在はいまもひっかかっている。

――三好は、ひそかにホタルと連絡をとり合っているのではないか――

その憶測も消えてはいない。

それどころか、いまの松本の話を聞いてふくらんでしまった。

関東誠和会若頭の黒田英雄は、ことし一月、胃がんの摘出手術を受けた。三好の話によれば、術後の体力の回復も著しいということだった。黒田はみずからクルーザーを運転するほどの海好きなので、松本の話を言下に否定する気はないけれど、いまの状況下で三好が三日も事務所を空けるのは解せない。

三好組にひたひたと迫る危機は三好も強く自覚しているはずだ。いかに顧問弁護士の麦田浩四郎が有能で、乾分らが気力体力に優れているとはいえ、有事に決断するのは三好個人である。三好あっての乾分で、顧問弁護士なのだ。

これから先におこりうる事態を想定し、黒田と話し合っているのか。

そうであるのなら、三好は相当の覚悟をしたことになる。

あらたな憶測が頭をよぎり、不安が声になった。

「松本、三好組の連中が見張ってるのは野原と大場だけか」

「いまのところは」

「麦田からあたらしい情報は入ったか」

「いえ」

声が弱かった。

とっさに、麦田との会話がうかんだ。

——あんた、光心会の内部にもくわしいのか——

——親分の指示があれば、なんでもやる——

——ほかには——

——野原組のあれこれも調査中だ——

鹿取は身を乗りだした。

「どっちだ。光心会か、それとも、野原組か」

「えっ」

「おまえらを動かしてる情報よ」

「そんなもの……」

「いいかげんにしろ」

鹿取は怒鳴りつけた。

「警察をなめるな。警視庁が本気でかかれば三好組などひと晩でつぶれる。おめえらが愛する親分は死ぬまで刑務所をでられなくなる。いいのか、それで」

松本がぶるぶると顔をふる。

「麦田が言ったじゃねえか。どうせ、俺に話すはめになると」

「………」

鹿取はとどめの一喝を見舞った。

「言えっ」

「わかりました」

空唾《からつば》をのむ音がした。

それから五分ほど、鹿取は黙って松本の話に聴き入っていた。


内堀通の三宅坂《みやけざか》をのぼった先の、国立劇場の前で車を停《と》めた。

劇場の敷地内の木立の陰から男があらわれ、すばやい動きで車のドアをあける。

となりに座るや、公安総務課の酒井正浩が数枚の用紙をさしだした。

鹿取は、一瞥《いちべつ》して、運転手に声をかけた。

「しばらく皇居の周囲をマラソンしてくれ」

車が発進したのち視線をおとした。

――西原幹事長射殺犯は二重スパイだった――

――犯人を射殺した警察官も宗教団体に関与か――

扇情的な見出しのあとの本文にも眼をうばわれた。証言のあとの括弧《かっこ》には捜査本部関係者や宗教関係者の文字がいくつもある。

読みおえて、鹿取は長い息をついた。

酒井の声が鼓膜をふるわせる。

「週刊時代に載る原稿です。けさ、出版社筋から入手しました」

「とめられないのか」

週刊誌の部数は激減傾向にあるなかで、老舗《しにせ》の〈週刊時代〉は〈週刊リアル〉とともに健闘しており、世論に一定の影響力を維持している。

「だめでしょうね。ついさっき入った情報では、すでに校了もおわり、予定どおりあした発売されるようです」

「だれが書いた」

「評論家の杉本和也《すぎもとかずや》です。彼は宗教法人・極楽の道とつながっていて、おそらく、日曜の選挙を意識しての寄稿かと」

「これだったのか」

鹿取は唇をかんだ。

——党の命運を賭《か》けた極秘作戦なのよ——

児島の妻の洋子が口にしたという言葉を思いだした。

日本極楽党婦人部長の前原彩子の声もよみがえる。

——あんなの、極秘作戦て言うのかしら。教団が寄付をした信者に授けてる極楽の石や極楽の水を、一票を投じた人にも進呈するって……あの石や水は信者でなければ効果を発揮しないのに。言っておくけど、党はいっさい関与してないわよ——

くそったれ。

胸のうちで毒づいた。

「あっちもこっちもパニックになります」

「もうなってるさ。いまごろ、桜田門は死の物狂いで出版社に圧力をかけてる」

「本文に載ってる証言におぼえはありますか」

「表現はちがうが、だいたいこんなもんだ」

「売った者がいる……」

鹿取は、逆に訊《き》いた。

「極楽の道と光心会はどうしてる」

「極楽の道の東京支部にめだつ動きはありません。一方、光心会のほうは、週刊誌を買占める交渉に入ったとの噂も流れています」

「むだだな。これを記事にするってことは、出版社もリスク覚悟だ。リスクのための補塡《ほてん》……つまり、極楽の道は相当数の買い取り保障をしているにちがいない」

「どうしようもないですね」

酒井がため息をこぼした。

「極楽の道か日本極楽党の幹部をパクれんのか。それで取引できるかもしれん」

「むりです。微罪のネタならいくつもありますが、この記事とバーターできるようなものは……刑事部と連携するにも時間がありません」

「なにを考えてやがる」

　勝手にこぼれた声に、酒井が反応する。

「目的は選挙だけなのでしょうか」

「ん」

「マスコミの予想によると、都議会議員選挙での日本極楽党の議席獲得数は一か〇。そのために警察と光心会を敵にまわすなんて……」

「悲願だそうだ」

「えっ」

「なんとしても議席を獲《と》る。かつては光衆党もおなじだったと聞いた」

「しかし、あまりにリスクがおおきい」

「ほかにどんな目的が考えられる」

「例えば捜査の攪乱《かくらん》、マスコミへの情報操作……」

「弱いな」

「鹿取さんは選挙が目的と」

「決めつけてはいない」

「疑念があるのならおしえてください」

「警察の動きを封じる。二重スパイ云々《うんぬん》の余波は、いずれ警察組織にもおよぶ。隠れ信者をゴマンとかかえる組織としては、捜査どころではなくなり、わが身を護ることに汲々《きゅうきゅう》となる。警察庁と警視庁の上層部はすでに対策を練っているはずだ」

「警察の動きを封じ、事件そのものを早々に風化させる」

「それで胸をなでおろすのは極楽の道だけじゃないぜ」

「まさか」

酒井が眼の玉をひんむいた。

「評論家の杉本の身辺をさぐれ」

「杉本が二重スパイ……」

「こうなればどんな予断も、いや、妄想すら捨て切れん」

鹿取は、声をしぼりだすように言った。

胸にあるのは田中の言葉だ。

――光衆党と日本極楽党の軋轢《あつれき》、あるいはそれぞれの党の内部事情……いろいろある。

今回の事件は、公安部でさえつかみきれていない闇《やみ》をあばく絶好の機会だ――

闇は宇宙の彼方《かなた》にまで延びているようにも思う。

――野良犬はやせ衰えて死ぬ。君は放し飼いの犬でいてほしい――

――飼主は警視監、あなたですね――

――警察組織だ。もっといえば、この日本だ――

己に鞭《むち》を打ち、虚勢を張らなければ精神の平衡を失いかねない。

どこかへ逃亡し、やせ衰えて死んだほうがましかもしれない。

しかし、田中の別の言葉のおかげで踏みとどまれている。

――孤独に生きていても心の支えはだれにだってある――

鹿取は、視線を移した。

「松本」

「はいっ」

「三好に連絡せえ」

言い放つや、眼をつむった。

頭がクラクラしてきた。

ひとつの覚悟を決めても、体全体が船酔いをおこしたようにゆれている。

一分はすぎたか、三分くらい経ったか。

酒井の声に瞼《まぶた》をあけた。

「殺人犯一係の須藤警部補ですが……」

酒井が声を切り、ちらっと松本を見た。やはり部外者の耳が気になるようだ。

捜査本部での須藤の積極的な発言がずっとひっかかっている。

強行犯三係の警部補たちほどではないけれど、須藤も群れで動くのを嫌うタイプで、捜査本部での発言は控え目だったと記憶している。

その須藤が初回の捜査会議から雛壇《ひなだん》の連中に咬《か》みついた。しかも標的にしたのは公安部の幹部だった。捜査一課の坂上課長が捜査本部の継続か解散かの苦渋の決断をしようと臨んだ会議の場でも公安総務課の大竹課長に退室を迫った。

須藤の発言が捜査員の総意に近いことは理解しても、疑念は消えなかった。

人の性格や習癖は突然変わるものではない。ましてや須藤は、所轄署時代もふくめて捜一ひと筋に務め、存在感を示すだけの実績を積みあげてきた刑事である。

めばえた疑念は丁寧につぶしていく。

鹿取の習癖も公安刑事だったころから変わらない。

須藤が相棒の立山加奈子をうとんじていると聞いたあと酒井に連絡し、須藤が過去にかかわった捜査事案での行動を調べるよう依頼したのだった。

鹿取は眼で先をうながした。

酒井が観念した顔で口をひらく。

「須藤警部補は女が嫌いなのかもしれません」

「てことは、これまで相棒を邪険にはあつかわなかった」

「そのようです。ただし、出動した先の捜査本部で組んだ相棒たちの話によれば、犯人を挙げるために、自分らの捜査内容を会議で報告するなと言っていたとか」

「ふーん」

鹿取は、二度三度、首をまわした。ゴキッゴキッといやな音がした。

「警視庁内、捜査一課内の人脈はどうだ」

「噂《うわさ》どおり、ひとり歩きが好きらしく、面倒見がいいと若手からの人望はあるようですが、プライベートで親しくしてる上司や同僚はいません」

「宗教団体との接点は見つかったか」

「いえ」

鹿取は無言で腕を組んだ。

頭の片隅で警鐘が鳴りだした。

経験上の習癖を曲げるにはそれなりの理由があるはずだ。

捜査事案がかさなった場合の刑事部と公安部の軋轢はいまに始まったことではなく、刑事部の捜査員たちは幾度も屈辱の歯ぎしりを体験している。捜査員がどう咬みつこうと公安部はいっさい妥協しないで自分らの任務を最優先させる。

それがわかっているから、捜査員の大半は公安部を無視する。

にもかかわらず、須藤は捜査会議という大勢いる場で公安部の幹部に咬みついた。

そうせざるをえない理由があったとしか思えない。
相棒の立山を遠ざけたのも自分の行動を知られたくなかったせいか。
そう思って、はっとした。
まさか。
唐突に、渋谷署刑事課の藤崎課長の声がよみがえった。
鹿取が殺人現場に駆けつけたときのひと声である。
――立山、うちに捜査本部が立っても、鹿取警部補だけは相手にするな――
さらに、捜査会議の場での声がつづく。
――やめとけ。鹿取だけは相手にするなと言っただろう――
立山の顔を思いうかべた。
――わたしの興味は、いまのところ、鹿取警部補ですから――
立山の声は強く、澄まし顔の真ん中の黒い瞳《ひとみ》はきらめいていた。
あのとき、照れくさくなった。
しかし、いまは己の観察眼も勘も信用できない。
そう思った瞬間、脳裡《のうり》を閃光《せんこう》が走った。
鹿取は、運転手に声をかけた。
「目黒の青葉台へ行ってくれ」

「えっ」

酒井の声が裏返る。

鹿取は酒井に訊いた。

「あの女、まだ監視してるのか」

「いえ。渋谷署の玉井が無罪放免になったので……鹿取さんの助言も参考に……」

鹿取は拳で膝を打った。

おいおい。俺は、ただの女好きの、お人よしか。

女を真っ向から見たことがあるのか。

己をののしる声が胸のなかを飛び交っている。


谷村宣子は、左右に視線をやりながら近づいてきた。

グレイのブラウスに、濃紺のベストとスカート。髪はうしろに束ねている。

じみな制服姿だが、きのうの宣子と別人には見えない。

鹿取は、前回とおなじ喫茶店のおなじテーブルで待っていた。

時刻は午前十一時半になる。

電話で昼食時に会いたいと言ったのだが、他人の眼を気にしたのか、宣子は上司に相談してこの時間を指定したのだった。

「何度も迷惑です」

宣子が低い声で抗議した。

正面に見る眼が怒っている。艶《つや》は消えていた。

——そう言えば、あの女も——

脳裡に閃光が走ったときにうかんだ言葉である。

あのとき、宣子の流し眼があざやかによみがえった。

「時間はとらせん」

鹿取は強い口調で言い、かたわらの紙袋に手を入れた。

「あっ」

宣子が口をまるくした。瞳も固まった。

鹿取の手には金色のちいさな仏像がある。

宣子の部屋の収納棚に置いてあったものだ。社員寮の管理人の許可は得なかった。酒井にピッキングさせ侵入した。公安刑事は小道具を持ち歩いている。

宣子の手が仏像を奪い、胸にだきかかえた。

「ひどいことするのね」

宣子が憎悪をあらわに言った。

鹿取は、それを眼ではじき返した。

「別れてなかったようだな」

「な、なんの話……」

「ごほうびに抱いてやったんか」

「………」

「きのうの夕方、渋谷署の玉井が赤坂のシティホテルに入ったのはわかってる」

「わたしには関係ないわ」

宣子が吐き捨てるように言った。頬がかすかに痙攣《けいれん》している。

鹿取はまじまじと宣子を見つめた。

「やっぱり、いい女だ。うぶな男どもはひとたまりもねえわな」

宣子がなにかを言いかけてやめ、右手で左の二の腕をつかんだ。

全身にひろがるふるえを必死にこらえているふうにも見える。

鹿取は容赦しない。

「それにしても、ネットでスカウトとはおどろいたぜ」

「………」

「教師に都庁職員、警察官に裁判官まで公務員専門のハンターか」

宣子の部屋のパソコンのメールボックスには男女合わせて十七人とのやりとりが残っていた。そのうちの十五人は公務員で、現職の警察官が四人いた。

そういうことを即座に調べられるのも公安刑事の特技である。

いまごろ、酒井は眼を皿のようにしてパソコンのデータを精査しているだろう。

「見たのね」

宣子の声がかすれた。

「行こうか」

「どこへ……」

「きまってる」

鹿取は立ちあがって、宣子の腕をとった。

外にでたとたん、黒のベンツが寄ってきた。

もうしばらく、宣子を渋谷署に預けるわけにはいかない。


カシャと金属音がして、ゴンドラがあがりだした。

葛西《かさい》臨海公園には薄闇がひろがっている。

白色照明につつまれ、十七分間の空中散歩がはじまった。

「なによ、こんなところへ呼びつけて」

膝《ひざ》を突き合せる前原彩子が言った。

「呼ばれた理由、わかってるんだろう」

「わからないわよ」

「評論家の杉本和也はどうだ」

「えっ」

「俺をたぶらかすとは、たいしたタマだぜ」

「なんの話をしてるの」

強がってはいるけれど、瞳のぶれはごまかせない。

「極秘作戦、まんまとだまされた」

「ちがう。だましてなんかいない。ほんとよ、信じて……あの記事のことは、きょう初めて本部で聞いたの」

「だれに」

「支部長の原口よ。緊急の会議の場で……あの人、自慢そうに……」

「もういい」

鹿取は乱暴な声でさえぎった。

「すべて正直に話せ。あした発売の週刊時代の記事はもうだれにも止められない。おまえらは目的を果たせるんだ」

彩子が顔をふる。あきらかに血の気がひいている。

「原口ごときにあれほどの絵は描けん。あれを読んだ人も裏までは読めんだろうが」

「なに言ってるのか、さっぱりわからないわ」

「とぼけてろ」

鹿取は、外を見た。

観覧車のてっぺんの高さは一一七メートルと聞いた。

三分の二の高さまでのぼったか。

東京湾の中央付近に青紫と白の灯《ひ》が見える。アクアラインの海ほたるだ。

「ねえ」

彩子の声がした。

「わたしをどうする気なの」

「カラクリを吐けよ」

「もう……変なことばっかり言って」

彩子の声が鼻にかかった。

根がしぶといのはよくわかっている。

極楽の道東京支部の原口博文に心の隙《すき》をつかれ、公安総務課の大竹秀明には弱みをにぎられたとはいえ、彩子はそれを逆手にとるかのように教団内で存在感を強めてきた。しかも、情報屋に仕立てられた鹿取には平然と己の野望を口にするような女である。

鹿取は、ちらっと天空を見やった。

もうすこしでゴンドラはてっぺんに立つ。

懐に手を入れた。

「あっ」と悲鳴がもれる。

鹿取は無言で拳銃《けんじゅう》をぬき、東京湾にむかって発砲した。

窓に蜘蛛《くも》の巣状のひびが走る。

せまい空間に銃声が残った。

彩子がのけぞっている。腰が床におちそうだ。赤い唇がわななきだした。

銃口は東京湾の上空にむけたままだ。

「もう一発はじけばガラスがくだける。そのあとどうなるか……俺にもわからん。このあたりは風が強いからな」

彩子の瞳が端による。だが、すぐにもどした。恐怖で見ていられないのだ。

「言え。だれが絵図を描いた」

「あ、あ、あいつよ」

一瞬の間があって、鹿取は眼を見開いた。

おまえもか。

声にはならなかった。

「簡単に……縁を切ってくれるような人じゃないわ」

「そんな、ばかな」

鹿取もさすがに気が動転した。

昨年の南青山官僚射殺事件への関与をうたがわれた大竹は極秘裡に行なわれた警視庁幹部のきびしい訊問《じんもん》に耐えて無罪放免を勝ち取ったけれど、そのあとの二か月あまり彩子に接近しなかったそうである。

公安総務課の酒井はひそかに上司の大竹を監視していたのだ。

酒井と数名の彼の仲間は、大竹と光衆党幹事長の西原が官僚射殺事件に関与していたと確信して大竹を監視したのだが、彼は西原とも接触しなかったという。

鹿取は、酒井の報告を信用している。

彩子の言動からも大竹のにおいを感じとれなかった。

「あれから、大竹には抱かれてないの。どんな魂胆なのか知りたくて、わたしのほうから誘ったこともあるけど、あの人は乗らなかった。でも、三日にあげずに連絡をよこし……いままでどおりにしなければ、教団と亭主にばらすって」

「杉本はどうなんだ」

「……………」

「おまえ……」

彩子がキッとにらみつけてきた。開き直ったときの態度だ。

「そうよ。あいつの命令で寝たわ。そのあと、大竹に会わせた」

「大竹はどんな話をしてた」

「知らない。これは信じて……あいつは絶対に自分の弱点なんて見せないの」

「わかった。信じよう。その代わり、俺の言うとおりにしろ」

「あいつ……こわいよ」

「前にも言ったはずだぜ。俺が護《まも》ってやるとな」

「でも、あいつは警察をクビにならなかった」

「心配いらん。今度こそ、息の根を止めてやる」

「できるの」

「クビにならなきゃ、俺が殺す」

鹿取は静かに言い、また窓に顔をむけた。

はるかむこうにレインボーブリッジが見える。

ホタルはあの橋のどちら側にいるのだろう。

ふと、そんなことを思った。

三好義人はさらに精悍《せいかん》な顔つきになっていた。

兄貴分の黒田とクルージングをやったのはほんとうなのだろう。

それでも、胸の疑念はぬぐえなかった。

ぬぐえないどころか、三好の覚悟のほどをなんとしても知りたくなった。

鹿取は、水割りのグラスを傾けるときも、三好を見つめた。

「どうしました。自分の顔になにかついてますか」

三好がたのしそうに言った。

「男が覚悟を決めたときの面はいいもんだ。見ていて惚れ惚れするぜ」

「自分はいつもそんなお顔を見てますよ」

三好の眼が笑った。

鹿取は視線をそらした。

冗談でやり返せないのは忸怩《じくじ》たる思いがあるからだ。

あやうく田中の期待にそむくところだった。

鹿取は酒と煙草で間を空け、気持ちを切り替えた。

「勝手に面倒を背負うなよ」

「なんの心配をされてるのですか」

「こいつに……」

鹿取は左にいる松本にむかって顎《あご》をしゃくった。

「話を聴いたろう」

「野原組ならご心配なく。うちともめることはありません」

「ん」

鹿取は顔を突きだした。

三好の口調にはけれんみがなかった。かといって、高をくっているふうもない。

野原達三の自宅を訪ねたのはきょうのことである。

そのあと都内のあちらこちらを駆けめぐり、そのあいだ、松本はずっと同行していた。西東京銀行の谷村宣子や宗教法人・極楽の道の前原彩子といるときに松本が報告したかもしれないけれど、そのあとのわずか半日でなにができたというのか。

それ以前の、野原組幹部の大場友之と接触した時点で決断したのか。

いずれにしても、三好の言葉は信じるしかない。

「どんな取引をしたんだ」

「お応えできません」

三好がきっぱり言った。

「盃《さかずき》を交わすような、おろかなまねはやりませんので、ご安心を」

「この先、どんな展開になっても戦争するなよ」

「そのお約束は……」

三好がこまったような笑みをうかべた。

「やくざ者ですから……ただ、今回の件ではむこうも動きません。もちろん、よほどのことがないかぎり、この先、こちらが仕掛けることもありません」

鹿取は眼でうなずいた。

よほどのことがわが身への危険であるのは察した。

三好の指示で、松本が電話機に手をのばす。

五分と経たないうちに、顧問弁護士の麦田浩四郎がやってきた。

「まったく、人づかいの荒い事務所だな。夜の十時すぎても働かせるなんて、労働基準法に違反してる」

顔は笑っている。

鹿取は、さっそく麦田に視線を据えた。

「野原と大場の人脈をおしえてくれ」

「光心会に限定していいんだな」

「かまわん」

「野原達三の縁は教祖の永峰正顕一本だ。それも会うのは盆と正月、あとは教祖の誕生日くらい。以前……大場が野原のしのぎ、あんたのいう汚れ仕事の大部分を引き継いだ八年前までは、ひと月に一度の割で接触していたようだが」

「八年前てことは、光心会青年部の部長だった山内常夫が衆議院議員になった年か」

「そう。野原と教祖が会食、会談する場には必ず山内が同席したらしい」

「野原と山内、いまもつながってると見てよさそうだな」

「あんたの推測にとどめてくれ。接触の事実はつかんでない」

「わかった。で、大場は光心会のだれとつながってる」

「現部長の青木大輔《あおきだいすけ》だよ。山内のひと回り下の三十七歳。二十代で青年部のトップに就いただけあって、頭が切れると評判の男だ。まあ、今回の騒動で青木が先頭に立つことはないだろうが、いずれは……」

「よさないか」

三好が麦田の声を切った。

鹿取は視線をずらした。

「いいじゃねえか。予習だ。宗教とのしがらみ、今回でおわるとは思っちゃいねえ」

「承知しています。しかし、先に視線をやれば、眼の前が見えなくなります」

三好の声に、警視庁の田中警視監の声がかさなった。

――いきなりてっぺんは狙うな。まずは土俵を固めろ。勝負はそれからだ――

鹿取は、水割りのグラスを空け、ふたたび三好に話しかける。

「野原組と光心会の腐れ縁、当分つづきそうなんだな」

「自分はそう読んでいます。野原の親分と永峰教祖のように気脈をつうじてるわけではないでしょうが、青木の頭脳と大場の腕力、相性がいいように思われます」

「それなら簡単だ。どっちかつぶせば機能しなくなる」

「鹿取さん」

三好が語気を強めた。双眸《そうぼう》に炎がともった。

「だめですよ。野原組には手をださないでください」

一転し、やわらかな口調になった。

そうか。兄貴分の黒田か。

鹿取は思った。

関東誠和会若頭の黒田は政財界に顔が利くと聞いている。三好に相談を受けた黒田が永田町の人脈に手をまわし、野原組の動きを封じた。

それなら、一時休戦くらいの道筋は容易につけられる。

鹿取は、胸のうちで三好の決断と行動に感謝した。

いま直面する己の仕事に集中できるよう、三好が気づかったにちがいなかった。

それでも、ひねくれた性格は直らない。

「いざとなれば、俺との縁を切れ」

「さて、どんなご縁ですか」

三好がさらりと返した。

「自分は縁で動いているのではありません。そんな窮屈なもの、かかえたくありません」

「……………」

もう、やめた。

すべては自分の意志。それに殉じて決断し、行動しています。

問答をくり返せば、三好は眼でそう言うにきまっている。

三好には柳に風とかわされ、田中警視監にはまるごと吸収される。

二人の根っこはおなじなのか。それとも、両極端なのか。

ときおり、そんなことを考えるけれど、答えは見つからない。

気がつけば、いつも酒と女に逃げている。


児島要は意気揚々と中野新橋の食事処《どころ》・円にあらわれた。

きのう一日、渋谷署で缶詰にされ、幹部連中にきびしく詰問されたはずなのに、その後遺症などまるで感じられなかった。

渋谷署刑事課の立山加奈子を伴っているが、そんなことで虚勢を張る男ではない。

立山が立ったまま、ものめずらしそうに室内をながめた。

そこへ女将《おかみ》の高田郁子があがってきた。

いつもの笑顔だが、眼には好奇の色がひそんでいる。

「児島さん、紹介してよ」

児島が応える前に、立山が口をひらいた。

「渋谷署刑事課の立山加奈子です」

「わたしは高田郁子。よろしくね」

「はい。こちらこそ。鹿取さんと児島さんにはお世話になっています」

郁子が鹿取と児島の顔を交互に見た。

「なにか……」

立山の声に、郁子が応じる。

「なんでもないわ。お昼、しっかり食べてね。板さんはいないから、きのうの残り物とわたしの手作りになるけど」

「ありがとうございます」

立山が礼を言い、児島のとなりに腰をおろした。

鹿取は二杯目のビールを飲んでいる。すでに日本酒もある。

児島が雑誌をテーブルにおいた。

「きょう発売の週刊時代、読みましたか」

「きのうな」

「えっ。それならおしえてくださいよ」

「言ったところでどうなるものでもない」

「捜査本部はてんやわんやです。けさの会議でも捜査員の質問が集中し、幹部連中はまともに説明できなくて、いらだってましたよ」

「ほかには」

「渋谷署の電話は鳴りっぱなし……ほとんどが抗議と事情説明を求めるもので、マスコミも二百人以上が殺到し、渋谷署長や坂上課長に会見を開くよう交渉しています」

　立山があとを受ける。

「街宣車がうるさくて。朝から渋谷署周辺に三十台以上が集結して、がなりまくっています。対応にあたっている警備課と地域課の人も腰がひけて……なにしろ右翼の連中が強硬で、やじ馬やマスコミも群がっているので強引な排除ができないのです」

　鹿取は、二人の話のほとんどを聞き流した。

　それに気づいたのか、児島がテーブルに両肘《ひじ》をつく。

「興味ないのですか」

「ねえよ」

「きのう読んだのでしょ。あの記事、真実なのですか」

「さあな」

「まじめに応えてください。捜査本部が混乱してるのです」

児島が唾を飛ばした。

鹿取は、グラスをトンとおき、児島をにらみつけた。

「週刊誌の記事にふりまわされるくらいなら、刑事なんてやめちまえ」

「ふりまわされてはいません。捜査のさまたげになるのをおそれてるんです」

「関係ねえ。俺らとは無縁の世界だ」

児島がさぐるような眼つきをする。

鹿取はぐるりと首をまわした。

「裏があるのですね」

「前にも言った。なんでもありだ」

鹿取はひとつ息をぬき、わずかなためらいを吐きだした。

立山の存在は気になる。

だが、立山への疑念をふくめて、ここが勝負処だと決めた。

「光心会の陰謀よ」

「ええーっ」

立山が奇声をあげた。

児島が眼を見開く。いまにも眼球がこぼれそうだ。

「そんな……あれを書いたのは極楽の道と関係ある評論家と聞きました」

「杉本和也が極楽の道の隠れ信者なのはまちがいない。極楽の道が選挙めあてに記事を書かせたのも事実だろう。だが、その極秘作戦を知った光心会関係者がいて、その野郎が杉本に接近し、記事の内容をふくらませた」

「どうしてそんなことを」

「きまってる。野郎には魂胆があった」

「ちょっと待ってください。その前に、極楽の道の隠れ信者の杉本が、なぜ光心会関係者の言いなりになったのか、説明してください」

「おどしたか、懐柔したか。そんなこと、野郎には造作もねえわ」

「その野郎って、だれなのです」

「いずれ、わかる」

「またはぐらかして……」

「ふん」

鹿取は鼻を鳴らし、ビールをあおった。樽《たる》ごと飲んでも酔いそうにない。

「鹿取さんの話を聞いてるうちに、記事を読んだときの疑念がふくらんできました」

「ん」

「捜査本部関係者、公安関係者……やたら眼についた」

「……」

児島の瞳が熱をおびてきた。

「わかりましたよ」

「なら、それでいいじゃねえか」

「よくない。せめて、野郎の魂胆とやらを話してもらいます」

「世論は風だ。マスコミは世論に敏感で、しかも、圧力に弱い」

「あの記事はいずれ風化する。光心会は、一時的なダメージを受けたとしても、護らなければならないなにかをかかえている。そういうことですか」

「選挙のダメージもすくないさ。光衆党には光心会という組織票がある」

「光心会が護りたいもの……いえ、おそれているものとは、いったいなんなのです」

「警察の本気よ」

「えっ」

鹿取は、無言をとおす立山を一瞥《いちべつ》したあと、児島に視線をもどした。

「警察内部には宗教とのかかわりを根絶しようとする動きがある」

鹿取は推測でものを言った。

しかし、確信にちかい。信じ込まなければ、この先やっていけないとの思いもある。

――光衆党と日本極楽党の軋轢、あるいはそれぞれの党の内部事情……いろいろある。

今回の事件は、公安部でさえつかみきれていない闇をあばく絶好の機会だ――

いろいろあるなかで、田中警視監が最も重視しているのはなにか。
田中に聴いて以来、その問いがちらついている。
自分になにをやらせようとしているのか。
その疑念も抱き続けてきた。
いまは、ひとつの結論に達している。
警察組織の闇を照射する。
それが田中の意志と異なっていようともかまわない。
自分と神奈川県警の螢橋とでは立ち位置が異なるのだ。田中との距離もちがう。
――野良犬はやせ衰えて死ぬ。君は放し飼いの犬でいてほしい――
――飼主は警視監、あなたですね――
――警察組織だ。もっといえば、この日本だ――
――自分に、飼主を咬めと……――
――好きにするがいい――
田中との電話でのやりとりは死ぬまで忘れられないだろう。
好きにさせてもらいます。
中野新橋にむかう道すがら、鹿取はそうつぶやいたのだった。
「その動きを牽制《けんせい》するために」

「あの記事で警察上層部は守りに走る」

「逆に、膿《うみ》を出し切ろうとは……」

「するわけがない。たぶん、警察組織の腐敗を一掃しようとしてるのはごく少数だ」

児島が口をとがらせたとき、階段を踏む音が届いた。

郁子が二度往復して、テーブルには食べきれないほどの料理がならんだ。

児島が無防備な顔になって箸《はし》を動かしはじめる。

それを見て、立山も眼を泳がせた。

いつものように、鹿取は酒と沢庵《たくあん》の古漬けで時間をやりすごした。

立山の食欲も旺盛《おうせい》で、十分も経つと料理はあらかた消えてしまった。

児島が箸をおき、茶をすする。

鹿取は盃《さかずき》をもどした。

「玉井は隠れ光心会だった」

「ほんとうですか」

児島が声をはずませた。

立山は箸を中空にとどめた。

「玉井をスカウトし、洗脳した女がいる」

「スカウトって」

「谷村宣子というその女は光心会青年部の一員と思われる。青年部は国や地方の選挙で中心的な役割を担う部署として知られているが、裏の仕事は諜報《ちょうほう》活動だ。その実態は警視庁公安部でさえ正確には把握できてない」

鹿取は、酒井の情報をかいつまんで話した。さすがに公安部を離れたあとの十数年は長く、感嘆の声がもれるほど、青年部の組織体系と活動内容は充実していた。

「青年部が最も重要視してるのがインターネットで、ブログやツイッターには常に監視の眼を光らせ、光心会を敵視する者がいれば、その人物をあばきだし、さまざまな手を使っておどしたり、取り込んだりしてるとの情報もある」

「谷村はその任務を……」

「いや。インターネットを活用してるのはおなじでも、役割がちがう。宣子はスカウト専門で、個人のブログや出会い系サイトを使い、利用価値のある者に接触していた」

「利用価値……信者を増やすのが目的ではなかった」

「そういうことだ。諜報活動の裾《すそ》野をひろげるためにあらゆる組織……とくに司法・立法・行政にかかわる者たちをターゲットに網を張り巡らせた」

児島がしぼんでしまいそうなほどのため息をついた。

となりの立山は身じろぎもしなかった。

「出会い系サイトの愛用者だった玉井は、一年前、宣子に陥落された」

「どんな女なのですか」

「見ればわかる。いや、わからんかな」

「ばかにしないでください」

「ほめてるんだよ。天性の人たらしも、純粋なおまえには通用せんだろう」

立山がクスッと笑った。

児島がにらみつける。

立山は笑顔のまま応じた。

「児島さんは一途な人だから」

「なにもわかってないくせに」

鹿取は、なにかを言おうとした立山を手で制した。

「ところで、立山」

「はい」

「おまえも人たらしの才能がありそうだな」

「どういう意味です」

立山が眦《まなじり》をあげた。

「俺と要をまんまとはめやがった」

「なんてことを……冗談じゃ済みませんよ」

立山が腰を浮かして咬みついた。

「須藤になんて言われた」

「えっ」

ほんの一瞬、立山の眼がひるんだ。

「俺たちの動きをさぐれと指示されたんじゃないのか」

「誤解です」

「誤解だと……つまり、俺らに接近するようには言われたんだな」

立山が細い眉《まゆ》をさげた。

「白状しろ。どうして、児島に声をかけた」

「めざわりだって……」

弱々しい声で言ったあと、胸を張った。

「正直に話します。あの日、わたしと須藤さんは一緒に行動していました。被疑者の小川が出入りしていたとの情報をつかんで、その麻雀店《マージャン》にむかう途中、児島さんを見かけて……児島さんが麻雀店に入るのを見届けた須藤さんから、自分らの捜査の邪魔になるおそれがあるので、児島さんに近づき動きをさぐれと命令されました」

「俺のこともささやかれたか」

「はい。二人は連携しているはずだと。須藤さん、捜査会議での藤崎課長の言葉をおぼえていて、わたしが鹿取さんに興味があると思っているのです」

「俺らの動きを報告したのか」

「すみません」

「で、どうなんだ」

「えっ」

「須藤の反応よ」

「それが、あまり関心なさそうで……」

「感づいたんだな」

「なにを……」

「俺らが警戒してるのをさ」

「警戒していたのですか」

立山の声が元気になった。

「訂正する。邪魔者あつかいしてた」

「ひどいっ」

「須藤に泣きつけ」

「いやです」

「どうして。相棒じゃねえか」

「わたしが鹿取さんに興味を持ってるのはほんとうです」

立山が真顔で言った。

鹿取は、おもわず眉をひそめた。

「それに、須藤さんて、どこか信用できなくて。あの人のほうこそ個人プレイしてるんじゃないかと思うことが何度かありました」

「例えば」

「おとといのことです。午後から別々に聴き込みをしたのですが、そのあと、落ち合う場所にあらわれませんでした。わたし、一時間以上も待っていたのです。何度電話してもつながりませんでした」

「何時のことだ」

「約束は六時で、その日の成果を報告し、渋谷署にもどる予定でした」

「自分が……」

児島が口をはさんだ。

「島田栄治と会っていた時刻ですね」

鹿取は視線をふった。

「おまえ、島田には見張りがついてたと言ったな」

「ええ。喫茶店のなかに二人、そとにも二人」

やはりな。

鹿取は胸のうちでつぶやいた。

捜査の手が迫りつつあるのを察して島田に因果をふくめたとの思いは強い。

彼にささやいたのが野原か大場か、あるいは、殺人犯一係の須藤なのか。

だれであれ、光心会が島田の口から射殺犯の小川利次の正体と事件の背景があきらかになるのをおそれたのは容易に想像がつく。

それでも、島田の自殺に関しては無視を決めている。

きのうの児島への訊問のあとで捜査本部の事案とは切り離すと決定したのだから、捜査の終焉《しゅうえん》をまぢかに控えてよけいな面倒をかかえるつもりはない。

小川を射殺した玉井治に関しても同様の思いだ。

警視庁上層部が小川と玉井との関連性はないと結論づけ、小川の背後関係を捜査するうえで重要な鍵《かぎ》を握る島田が自殺したことで、捜査本部は解散へむかうだろう。

というよりも、上層部は永田町の思惑と週刊誌報道で早々の幕引きを図る。

それは致し方ない。

島田の死で、小川については共犯・教唆の線をあばくのがきわめて困難になった。島田の仲介で、だれかが小川を懐柔もしくは洗脳したと推測しても、そのだれかを特定し、小川が犯行に至る経緯をあきらかにするのは至難の業である。

たとえ少人数での継続捜査が行なわれたとしても加担するつもりはない。頭の片隅には野原健三がいるけれど、三好の労を徒《あだ》にはできない。

鹿取は決断をためらわなかった。ぐずぐずしていれば、そのあいだに、敵の本丸は防御を固めてしまう。ようやくつかんだ光明さえ闇に消える。

鹿取は、雑念を払い、口をひらいた。

「ところで、きのうの訊問、どうだった」

「どうということはありません。須藤さんはものすごい剣幕でしたが」

「島田に関する情報をしゃべらされたか」

「無難なところまで……六本木や赤坂のことは話していません」

「須藤のほかにだれがいた」

「自分を訊問したのは渋谷署の藤崎課長。坂上課長と丸井係長、それに、人事第一課の堀内管理官もいました」

「また堀内か。なんで来てた」

「知りませんよ。自分を遠くへ飛ばすつもりなのかもしれませんね」

児島の口ぶりに余裕がある。

「堀内にはつっこまれなかったんだな」

「ええ」

鹿取は煙草を喫いつけ、胸にひそむ一抹の不安を吐きだした。

「鹿取さん」

「なんだ」

「谷村宣子はどこにいるのです」

「東京湾で男どもと遊んでる」

「……」

児島が顔をしかめた。察しがついたようだ。

「あとすこしのことだ」

「大丈夫なのですか」

「心配ない。赤坂はすでに手をうった」

「それは六本木のほうでしょう。警察は……」

「そうならんよう、一気にケリをつける」

「なんなのです」

立山が声を発した。

「さっきから赤坂とか六本木とか。まだわたしを邪魔者あつかいしてるのですか」

「ぼちぼちなれさせてやる。それがおまえのためだ」

「ほんとうですね。では、固めの盃を交わしてください」

「よし、気に入った」

鹿取は徳利を手にした。

「だめです」

児島が眼を剝《む》いた。

「いいじゃねえか。俺と立山の兄弟盃だ。おまえにはまだ彼氏になる権利がある」

「ば、ばかな。そんな簡単に……」

「立山にも裏切られたら、俺はインポになる」

「………」

児島がぽかんとした。

立山が真っ赤になった。

「俺は昼寝する。おまえら、捜査会議がはじまるまで、映画でも観《み》てこい」

鹿取は、座布団を二つに折り、ごろりと横になった。

準備は万端調えた。

夕方には証人が丘にあがる。

坂上は、打ち合わせどおり、きっちり手続きを踏んでいるだろう。

失敗はゆるされないが、最終局面のシナリオは描かない。

あとは、やるだけである。

それは異様な光景だった。

渋谷署の会議場は、傍聴席をひろくした法廷のようになっている。

雛壇の前に半円形の空間がある。

そこに椅子《いす》がひとつ。捜査員たちにむかって置かれたその椅子に人はいない。

「なんなのですか、これは」

となりの児島がつぶやいた。

場内のあちこちで捜査員たちがささやいている。

前方に座る立山加奈子が幾度もふり返って、不安そうなまなざしをよこした。

鹿取は視線を合わせなかった。

いつものように最後列の席で頬杖をつき、だが、顔は室内にむけている。

午後七時、前方のドアが開き、捜査本部の幹部連中が入ってきた。皆、一様に表情が硬い。中央に座した坂上課長の顔だけがほんのり赤らんで見える。

すこしおくれて、公安総務課の大竹課長と中山管理官も端の席についた。

──午後六時から幹部会議を開く。大竹らはそこへ同席せず、捜査会議で合流するよう要請した。もちろん、公安部長の了解は得ている──

電話での坂上課長の声は一言一句が力強かった。

公安部長の了解を得た。

そのひと言で坂上の決意のほどがひしと伝わってきた。刑事部長に相談し、さらにその上の幹部に話をとおさなければそんなことは不可能なのだ。

いきなり、坂上が口をひらいた。

「これより、最後の捜査会議をはじめる」

一瞬の静寂のあと、場内がどよめいた。

かまわず、坂上が続ける。

「捜査本部の解散は警視庁の意志だ。わたしの力不足は詫《わ》びる。このとおりだ」

坂上が頭をさげ、また言葉をたした。

「それでも、皆には不満が残るだろう。しかし、これ以上の混乱をまねくことは到底ゆるされない。警視庁の威信が地に墜《お》ちるどころか、組織が崩壊しかねない」

「はい」

立山が立ちあがった。

「混乱とは週刊時代の記事による影響ですか」

「それもある」

「納得できません。警察が一部マスコミの報道に屈して……」

「屈したわけではない」

坂上が語気鋭くさえぎった。

「皆にそう思われるのは心外、いや、警察官として屈辱なので、この場を用意した。ほかの者にも言いたいことはあろうが、まずは見ていてくれ」

立山が腰をおろした。

鹿取は胸をなでおろした。兄弟分の立山の演技はなかなかのものだった。

ドアが開き、丸井係長と制服の玉井巡査長が姿を見せた。

玉井が用意の椅子に座る。顔は真っ青だ。

丸井は玉井の脇に立った。

坂上が声を発した。

「これは裁判ではない。事情聴取と思ってくれ。これからやることで、マスコミや人権擁護団体からの抗議が殺到するかもしれんが、すべての責任はわたしがとる」

「まってくれ」

大竹が声をあげた。

「いったい、どういうことなのだ」

坂上が顔を横にむける。

「玉井巡査部長に疑惑が発生した」

「彼の発砲に関しては違法性なしとの判断がくだされたではないか」

「あらたな疑惑がでた。玉井は、西原幹事長射殺事件がおきるのを予期していたのではないかというものだ」

「本人は認めたのか」

「現段階では否定している。だが、推測だけでこの場を用意したわけではない」

「つき合いきれん。こんなふざけたこと、捜査本部の、刑事部の責任でやってくれ。俺たちはひきあげる」

「そうはいかん」

「なにっ」

「公安部長の許可はとってある」

「なんの権利があって……」

「文句はあとにしろ」

坂上が有無を言わせぬ口調で言い放ち、視線をもどした。

「鹿取。これから先はおまえが仕切れ。どうしようとかまわん。おまえより先にクビになりたくはなかったが、覚悟はできている」

鹿取は黙って立ちあがった。

この場を逃げ出したい気分だ。

しかし、筋がとおらない。

自分が計略をもちかけ、坂上がそれに乗ったのだ。

そのあとは、星野理事官も参加した。坂上にそうするよう頼んだのも自分である。星野がどう対応するか読めない不安があった。捜査会議で星野が異を唱えれば、計略は泡と消える。星野は児島の弱点をふたつもにぎっているのだ。

星野はあっさり同意した。

その胸のうちは読めなくとも、おおきな安堵《あんど》を得た。

鹿取は、玉井の前に立ち、ひとつ息を吐いた。

まわりくどい訊問などしない。そもそもできない。

「銀行員の谷村宣子、知ってるな」

「はい」

顔は青いままだが、声はしっかりしていた。十日間におよぶ取調室での訊問に耐え切れたとの自負があるのか。

「どういう関係だ」

「元の彼女です」

「どこで知り合った」

玉井が眼をしばたたかせた。

なにかを思案しているのだ。

その癖は丸井に聴いた。丸井は玉井が見せた表情のすべてを記憶していた。

鹿取は時間を与えない。

「応えろ」

「ネット……出会い系サイトを使って……ほんの気まぐれのつもりが……」

「谷村が接触してきたのか」

「はい」

「で、すぐに肉体関係をもった」

「いえ……」

「本人はそう言ってる。会ったその日、自分の部屋に誘ったと」

「そうです」

玉井が小声で言い、うつむいた。

まばたきが激しくなる。

谷村宣子がどこまでしゃべったのか、気にしているのだ。

「ちょっと待て」

捜査員の席から声がした。

視線をやった先で、殺人犯一係の須藤が立ちあがる。

「その情報、いつ知った」

鹿取は須藤に顔をむけた。

「事件発生の翌日に、本人に会って話を聴いた」

事ここに至ればうそをつく気はない。

「なぜ、会議で報告しなかった」

「接触した時点での感触は、捜査に関係なしだった」

「いいかげんなことをぬかすな。ひそかに内偵してたんだろう」

「どう思おうと勝手だが、谷村宣子に疑念を抱いたのはきのうだ」

「そのきっかけは」

「言えん。情報提供者に不利益をもたらす」

「それなら証人としても使えんじゃないか」

「その必要のないよう、これからやる」

「できなきゃ……」

「おい、須藤」

坂上が一喝した。

「邪魔だ。あとにしろ」

「しかし……」

「おまえ、どうしてむきになる」

「嫌いなんですよ。反吐《へど》がでそうなほど……」

　須藤が顔をゆがめた。

「俺は、強行犯三係には負けたくない。捜査一課の主力は殺人犯、それもわが一係です。脇役の強行犯三係に好き勝手なまねをさせるわけにはいきません」

「その気骨は買ってやる。だが、いまは鹿取にまかせるんだ。いやなら退室しろ」

　須藤が不満もあらわの顔で腰をおろした。

　鹿取は視線をもどした。

「質問を続ける。なにを見た」

「えっ」

「谷村の部屋でなにを見たかと訊いてる」

「あの……言われてることがわかりません」

「惚れたか。おぼれたか」

「……………」

「初めて会った日から一週間連続で泊まった。まちがいないな」

「はい」

　あいかわらず小声だが、観念した声音に変わった。

「もう一度、訊く。谷村の部屋でなにを見た。見せられた」

玉井がぶるぶると顔をふった。首がもげおちそうだ。

鹿取は、ポケットから仏像をとりだし、玉井の顔に突きつけた。

場内がざわついた。しかし、声をあげる者はいなかった。

「これは、なんだ」

「仏像……」

「これを谷村の部屋で見た」

「見てません。ほんとうです。信じて……」

「しゃらくせえ」

鹿取の声が室内に響いた。

「てめえの指紋が付いてるんだぜ」

「そんなはずは……」

「おめえ、あの女をあまくみてるんじゃねえか」

「どういう意味です」

「おめえの考えそうなことなど、すべて承知の上よ。万が一に備えて指紋をぬぐっていたとしても、谷村は寝てる間におめえの指紋をつける。わかってるんだろう」

「な、なにを」

「谷村は諜報のプロってことよ。光心会青年部の特殊任務を負っていた」

あちこちで声がもれた。

玉井も口を半開きにしたが、声がでない。代わりに、顎がふるえだした。

「そろそろ本題に入るぜ」

鹿取の声に、大竹の声がかさなる。

「なんだ、これは。私刑じゃないか」

「だまれ」

鹿取は、ふりむきざま、怒鳴った。

「おとなしくしてろ。これからなんだぜ」

「きさまっ。だれにものを言ってる」

「吠《ほ》えるな。そこで、念仏でも唱えてろ」

「くそっ」

大竹が席を蹴《け》った。

すかさず、坂上が声をかける。

「でられんよ。ドアのむこうには警察官がならんでる」

大竹が拳で机をたたいた。だが、声はない。

鹿取は訊問を再開した。

「谷村におどされたか。それとも、あいつの体から離れられなくなったのか」

「………」

　玉井が頭をかかえる。

「ことしの一月三日、おめえの公休の日……谷村に連れられ、だれに会った」

「………」

　鹿取は攻め口を変えた。

「事件発生の三日前、おめえは現場へ行った。同行したのはだれだ」

　玉井が両手を膝にあてた。ふるえが止まらないのか。

　鹿取は腰をかがめた。

「おめえを楽にするためにこの場を設けたんだ。言ってる意味はわかるよな。あとの始末はまかせな。吐いちまえば、おめえの処分はかるくなる」

　鹿取は顔を雛壇にむけた。

「そうですよね、課長」

「捜査に協力すれば考慮の余地はある」

「聴いたか、玉井。しゃべらなければ、殺意をもっての犯行と認定されるぜ」

「ちがう」

　玉井が叫んだ。

　ようやく視線が合った。

鹿取は、面を突き合わせた。

「どうちがうんだ」

「あ、あの人が……」

玉井が左手の指をさした。

ふりかえるまでもない。

「公安総務課の大竹課長か」

玉井がうなずく。

「大竹の指示で被疑者の小川を撃った」

「はい」

「つまり大竹は、小川が光衆党の西原幹事長を狙うのを知っていた」

「そうです」

「でたらめだ。これは陰謀だ」

大竹がわめきちらした。

それを坂上がひと声で制した。

「会議はこれまで」

「なに言ってるんですか」

須藤が声を荒らげた。

「大竹課長には桜田門からお迎えが来てる」

「そこまでだんどりを……」

「これにて捜査本部を解散する。だが、玉井に関しては少人数で継続捜査とする」

「それ、われわれに、殺人犯一係にやらせてください」

「いいだろう」

坂上があっさり応じた。

鹿取は、うつむいて指定席にもどった。

まだ体の芯《しん》がふるえている。


「とんでもないことをやらかしたね」

田中一朗の眼が笑っている。

鹿取は頭をさげた。

「申し訳ありません」

「あやまらなくていい。慣習や形にこだわっていたのではできないこともある」

「大竹を一気に追い詰めるのに、あれしか思いつきませんでした」

「わたしとの約束がプレッシャーになっていたのか」

「否定はしません」

「君の奇策に乾杯しよう」

田中が盃を手にした。

つい五分ほど前、狸穴の料亭・若狭についた。

田中はすでに二階の座敷で手酌酒をやっていた。

鹿取は酒をあおり、盃をおいた。

「坂上課長や星野理事官におとがめはなかったのですか」

「ないね。あの翌日、つまりきのうだが、坂上は警視総監室を訪ね、辞表をだしたが、却下されたと聞いた。もっとも、それをふくめて、今回の異常な出来事は資料として残らないよう処理される」

「大竹のことも」

「監察官室と人事第一課が連携し、彼への訊問を行なっている。君も知ってのとおり、公安部署の者が監察官室に呼ばれることは慣例としてないのだが、刑事事案の捜査の一環としてあつかうことになったようだ」

「やつは自供してるのですか」

「さあ」

「今回の事件の関与は認めたのですか」

「どうかな」

田中は興味なさそうに言った。

鹿取は苦笑をこぼした。もうなれた。しかし、捜査の経緯は気になる。捜査本部が解散し、強行犯三係の面々は桜田門にもどり、きのうもきょうも捜査報告書の作成である。殺人犯一係がやっている継続捜査の情報は入ってこない。

「玉井のほうはどうですか」

「捜査はすんなり進んでいる。君のおどしが効いたのだろう。谷村宣子も素直にしゃべっているそうだ。あとは、大竹と玉井、谷村の供述の整合性がつくかどうかだな」

「光心会青年部にも捜査はむかってるのですか」

「きのう、須藤警部補が静岡の光心会本部に足を運び、捜査協力を要請した」

「捜査の協力……」

「現時点ではそれが精一杯だ。事情聴取の段階ではね。しかし、光心会の事務局は要請を拒否し、青年部に至っては須藤らとの面談すらこばんだらしい」

「それでおめおめ引きさがったのですか」

「君なら拳銃を使って拉致《らち》し、クルーザーに乗せておどしまくるか」

田中の声はたのしそうに聞こえた。

それも苦笑で返すしかない。

田中が言葉をたした。

「須藤の行動はまったくのむだというわけではなかった。その三時間後、光衆党の山内常夫が新政党本部にでむき、幹事長室を訪ねた」

「国会対策委員長が幹事長を……」

「山内は幹事長への就任が内定している」

「なるほど。それで、要望ですか。おどしですか」

「新政党との連立政権にむけての準備に入るとの念書を持参し、捜査の守秘義務の徹底を要請したそうだ」

「捜査の中止は求めなかったのですね」

「そこまではできないさ。捜査が大竹のところで止まればよしとの判断があるのかもしれん。それ以上の展開になればあらたな要望がでる可能性はあるだろうが」

「警察とおなじ、いまは防御を固め、事件の風化を待つ」

「そういうことだ」

田中が盃を切るように酒を飲んだ。

鹿取は、すこし間を空けて訊いた。

「幹事長射殺事件の背景には光心会の内部事情がある……大竹が事件に関与してるとすれば、ほかには考えづらいのですが」

「光心会が、とくに、組織の機密保持にこだわる青年部が、官僚射殺事件でミソをつけた西原幹事長の更迭を画策していたとの情報がある。西原が幹事長の座に執着したので、青年部は強行手段に転じた。組織防衛のために、西原の暗殺と、警察内部の極秘計画をつぶすのが狙いだった。わたしはそう思っている」

「しかし、大竹と西原は昵懇《じっこん》の仲だったはずです。それも、大竹はミイラ取りがミイラになってぬきさしならない関係に陥ったと聞いていています」

「大竹が隠れ光心会になった理由はそうでも、人の欲はつぎからつぎと湧《わ》き出るものだ。大竹は元々、出世欲が旺盛で、権力志向の強い男だった。ミイラになった大竹は、方向を転換し、西原を利用して権力に近づこうとしていたとも考えられる」

「ということは、先の事件で西原を見切り、あらたな後ろ楯となる人物に接近したと考えられるわけですね」

「可能性はある」

田中がちゅうちょなく言った。

相手はだれなのですか。

鹿取はでかかった言葉をのんだ。

光衆党の山内常夫か、光心会の青木大輔か。

二人の名のあと、もうひとりの名がうかんだ。

警察庁官房長の吉村豊である。

田中から捜査一課の坂上が吉村に呼びつけられたと聴いたとき、心臓がはねた。ほんの一瞬だが、田中の敵は上官の吉村なのかとも思った。胸にひろがる疑念をぶつけても田中が応えてくれるはずもない。

鹿取は今回の事件に話をもどした。

「どこかの国の暗殺事件を思いだします。光心会青年部と公安幹部が結託し、小川利次を暗殺者に仕立て、小川との脈絡を絶つために警察官に小川を始末させた。それにしても宗教はおそろしい。人をロボットにしてしまうのですから」

「善と悪の表裏一体。権力とおなじ、使い方ひとつで、人を不幸にも、幸せにもする」

「警察権力はどう動くのですか。大竹を突破口に……」

田中が顔の前で手のひらをふった。

「そう簡単にはいかんよ。警察庁にも警視庁の幹部のなかにも、宗教とのかかわりを根絶したいと願う者は大勢いるだろうが、大鉈《なた》をふるえば返り血を浴びる。個人も身の危険にさらされるが、警察組織そのものがおおきなダメージを受ける」

「改革を断行し、一から出直す覚悟はないのですか」

「人は結果を気にするからね。リスクを負うことにはだれだってためらいがある」

「覚悟の質の話ですか」

「どうかな」

田中が首をかしげた。
――覚悟の質が異なる――
あのひと言はずっと胸にある。
覚悟とはなんだろうとも思う。
田中を見ていると、覚悟とも信念ともちがうような、なにかを感じる。
それがなんなのか。
知りたい気持ちはあるけれど、知らないほうがいいとささやく己もいる。
底知れぬ闇のなかなんてのぞきたくない。
ただ、見たくもない闇にほのかな光が飛んでいる。
「ホタルは……」
声がこぼれた。
田中の眼が鋭くなった。
「君が助けている」
「ほんとうですか」
田中が無言で盃をあおる。
鹿取はびっくりした。田中が咽元《のどもと》をさらすのを見たことがなかったからだ。
胸のうちを斟酌《しんしゃく》しかけたとき、田中の声がした。

「ところで、趣味を変える気はないか」

「女をやめて、麻雀にしろと」

「そう」

「おことわりします。警視監にむしりとられるくらいなら、かわいい女にだましとられるほうがましで、自分には健全です」

「女遊びが健全か。いいねえ」

田中が眼を細め、ややあって、豪快に笑った。

鹿取は笑えなかった。

あしたにも、いや、こうしているうちにもなにかがおきるのではないか。

いやな予感が神経をとがらせている。

本書は書き下ろしフィクションです。
登場人物、団体名等、全て架空のものです。

ハルキ文庫

は 3-12

暗殺《あんさつ》 S1S《エスワンエス》強行《きょうこう》犯《はん》・隠《かく》れ公安《こうあん》Ⅱ

著者 浜田《はまだ》文人《ふみひと》

2011年4月15日第一刷発行

発行者 角川春樹

発行所 株式会社角川春樹事務所
〒102-0074 東京都千代田区九段南2-1-30 イタリア文化会館

電話 03(3263)5247(編集)
03(3263)5881(営業)

印刷・製本 中央精版印刷株式会社

フォーマット・デザイン 芦澤泰偉
表紙イラストレーション 門坂 流

ISBN978-4-7584-3538-3 C0193 ©2011 Fumihito Hamada Printed in Japan
http://www.kadokawaharuki.co.jp/[営業]
fanmail@kadokawaharuki.co.jp[編集] ご意見・ご感想をお寄せください。